으뜸체력

으뜸체력 ———————◆ 인생의 번아웃에 지지 않는 힘

산으뜸 지음

병약했던 작은 아이가 운동을 시작하면서
인생이 180도로 바뀌었다.
운동은 너무 재미있었고, 운동을 하는 과정 속에서
스스로에 대한 믿음과 자신감도 증폭됐다.
트레이너가 되지 않았더라도 난 이 마음가짐으로
무엇이든 해냈으리라 확신한다.
그게 바로 내가 말하고자 하는 체력의 힘이다.

다른
북

체력이 생기자 내 인생에
기적이 찾아오기 시작했다

운동을 업으로 삼은 지도 벌써 10년이 훌쩍 넘었다. 열아홉 살, 대학 입시를 목표로 뒤늦게 입시 운동을 시작했을 때만 해도 운동이 내 삶을 이토록 크게 바꿀 줄은 정말 몰랐다. 나는 좋아하는 일을 그저 열심히 했을 뿐인데, 매년 다양한 기회가 찾아와주었다. 현재의 나는 심으뜸이라는 이름 앞에 필라테스 강사, 스포츠 트레이너, 스포츠 모델, 유튜버, 운동 크리에이터, 인플루언서라는 수식어가 따라다닌다. 감사하게도 많은 분들에게 큰 관심과 애정을 받고 있음을 실감한다.

운동을 하기 시작하면서 내 몸과 마음에는 큰 변화가 찾아왔다. 툭하면 아팠던 몸은 이제는 웬만해선 끄떡없는 체력으로 단단히 다져졌고, 그렇게 조금씩 쌓아올린 나의 체력은 고스란히 건강한 마음의 뿌리가 되었다.

내 몸 구석구석에서 사소하지만 꾸준한 변화가 일어나고 있음을 알아차릴 때마다 나는 성취감을 느꼈다. 자연스레 일상도 변했다. 뒷심이 부족했던 내 몸에 기운이 생기자 모든 일에 의욕이 생겼다. 긍정적이었던 내가 더욱 긍정적이 되었고, 여기에 무엇이든 할 수 있을 거라는 자신감이 더해졌다. 그렇게 긍정 에너지로 채워가는 하루가 모이니 삶도 내가 목표한 방향으로 조금씩 흘러가기 시작했다.

물론 내게 항상 좋은 일만 있었던 것은 아니다. 체력은 한 번에 좋아지지 않았다. 마이너스였던 체력을 키우는 기간 동안 몸에 무리가 올 때면 기다렸다는 듯 면역력이 떨어지면서 크게 아팠다. 게다가 가까스로 키워놓은 건강과 체력이 이십 대 초반, 미국에서 겪은 큰 사고로 인해 다시 바닥으로 뚝 떨어지기도 했다. 그럴 때면 몸도 마음도 함께 무너져 내렸다. 노력한 만큼 성과가 눈에 띄지 않아 의기소침해진 적도 많았다.

나는 많은 사람들에게 노출되는 직업을 가진 만큼 대중의 시선과 평가 앞에서 늘 자유롭지 못했다. 나를 오해하는 사람들은 언제나 많았고, 난 그들에게 늘 의문을 품었다. 내 인생에 이런

힘든 고민과 절망이 반복되는 동안 내가 해결할 수 있는 일들은
그리 많지 않았다.

　오로지 계속해서 운동하고, 운동을 가르치고, 나의 분야에서
더 많은 경험을 쌓으며 어떤 사건사고에도 무너지지 않도록 스
스로를 강하게 단련하는 것, 그뿐이었다. 바로 이것이 나의 '으
뜸체력'이다. 나는 이 체력을 바탕으로 내 몸과 마음의 코어를
단단하게 지키고 키워왔다. 체력이 없었더라면 절망의 순간마
다 몸이 무너지고 또 마음이 부서져 버렸을지 모를 일이다. 하
루를 에너지 넘치게 이끌어가지도 못했을 거다. 이렇듯 체력의
위대함을 몸소 체험한 사람으로서 나는 많은 이들에게 좋은 에
너지를 계속해서 전하고 싶다.

　과거 어느 날이었다. 한 번에 스쿼트 1000개를 할 수 있다,
했다는 말이 화제가 되면서 내게 '엉짱녀'라는 별명이 생겼다.
이후 주변에서 엉덩이를 지칭하는 별명이 부끄럽지 않느냐는
질문을 종종 받았다. 하지만 나는 엉덩이에 관한 별명들이 전혀
부끄럽지 않았다. 누군가에게 잘 보이기 위해 만든 몸이 아닌,
꾸준한 노력으로 얻은 값진 결실이기 때문이다.

　이런 나의 모습을 완성하는데 스쿼트는 유용했다. 스쿼트는
내가 가장 사랑하는 운동이다. 스쿼트를 통해 나는 많은 사람들
에게 알려졌고, 내가 나를 알아가는 데 가장 큰 도움을 주기도

했다. 그렇기에 나는 여전히 많은 사람들을 스쿼트의 세계로 전도하려고 하는 것이다. 앉았다 일어서는, 이 단순해 보이는 동작이 당신의 몸과 마음에 얼마나 큰 영향을 미칠 수 있는지를 언제 어디서나 늘 이야기하고 있다.

스쿼트는 언제나 어디서나 할 수 있는 운동이다. 마음만 먹는다면 제아무리 바쁜 와중이라 하더라도 스쿼트를 할 수 있다. 나는 촬영 중 쉬는 시간에, 저녁을 먹기 전에, 청소하다가, 화장실을 오가는 길에도 스쿼트를 한다. 짧은 시간일 지라도 편안하게 서서 지면과 맞닿은 발바닥의 힘을 느끼며, 척추를 곧게 세우고, 호흡을 하고, 골반의 움직임에 집중한다. 근육의 움직임을 느끼며 나의 복부와 엉덩이, 허벅지와 무릎의 상태를 차례로 살핀다. 깊게 집중하여 내 몸과 마음의 움직임을 느껴보려고 한다.

지금 나의 상태는 어제의 나와 또 어떻게 달라졌는지, 내가 지금 어떤 스트레스를 받고 있으며 어떤 생각을 하고 있는지를, 나는 스쿼트 동작을 통해 알아차릴 수 있다.

내 몸이 어제와 어떻게 다른지를 알아차리는 일은 건강을 유지하는 데 큰 도움이 된다. 운동을 지속하게 만드는 동기를 주기도 하지만, 무엇보다 내 마음을 다스리는 데 효과가 있다. 건강하고자 운동을 하면서도 계속해서 내 몸과 마음을 건강과 멀어지게 하는 감정들, 불안과 자책, 강박으로부터 스스로를 지킬 수 있는 힘을 주기 때문이다.

운동을 가르치면서 많은 사람들이 저마다 다양한 이유로 자신의 아픈 몸과 마음을 방치한 채 내버려두고 있다는 사실을 알았다. 운동은 살을 빼거나 몸을 근사하게 만드는 일을 넘어 몸과 마음을 긍정적으로 바꿀 수 있는 기회가 되기도 한다. 운동을 하는 데 있어서 무리는 금물이며, 적당한 강도로 꾸준히 해야 빛을 볼 수 있다.

상대가 미처 몰랐던 자신의 몸에 대해 깨닫고 알아가는 모습을 보는 건 나의 행복이다. 운동을 통해 맞이하는 삶의 변화와 행복한 기분을 보다 많은 사람들이 누릴 수 있도록 도와주고 싶다.

한편 그동안 내게 운동만이 아니라 그로 인해 생기는 심리적 문제나 다양한 삶의 고민들을 토로하고 상담을 요청하는 분들이 정말 많았다. 스쿼트 동작을 알려줄 때와 마찬가지로 내가 가진 모든 지식과 경험을 동원해 답을 해드리고 싶었지만 바쁜 일정 탓에 늘 아쉬움이 있었다.

그래서 그동안 미처 다 하지 못한 말을 이 책에 담았다. 운동을 만나 변한 삶, 체력이 몸과 마음에 미치는 영향, 내가 체력을 유지하는 비결, 운동의 목표와 계획을 세우는 방법부터 자신에게 맞는 스쿼트 습관을 만드는 노하우까지 독자 분들에게 도움이 될 만한 내용을 최대한 꽉꽉 눌러 담으려 노력했다. 책을 통해 더 많은 분들에게 내 에너지를 나눠드리고 싶은 욕심까지도.

책이 나오기까지 이끌어주고 도와주신 출판사 다산북스, 그리고 팬과 출판담당자 그 경계를 오가며 빠듯한 일정에도 한결같은 마음으로 응원해 주시고 묵묵히 기다려주신 민정과장님 진심으로 감사합니다.

그리고 언제나 '으뜸대장님'을 외치며 아낌없이 응원을 보내주는 나의 버금이들과 지켜봐주시는 팬 분들, 자나 깨나 어디 아픈 곳은 없는지 제 몸과 마음을 챙겨주는 사랑하는 가족과 이 세상에서 없어선 안 될, 나의 가장 든든한 보디가드이자 인생의 버팀목인 남편에게 고마운 마음을 전한다.

2021년 여름,
심으뜸

Part6 으뜸체력의 비밀 Q&A

Part1

내가 운동에
미칠 수밖에 없는 이유

MIRACLE SQUAT +

나, 다시 걸을 수 있을까?

누구에게나 잊지 못할 기억이 하나쯤은 있다. 나 역시 마찬가지다. 십여 년이 지났지만 그때의 일은 마치 어제 일어난 것처럼 생생해서 눈을 감으면 순식간에 나를 그때 그곳으로 데려다 놓는다.

예고 없이 찾아온 절망

2012년 여름, 나는 언니와 함께 깜깜한 도로 위를 달리고 있었다. 언니는 캘리포니아 가든 그로브의 이모 집에 머물며 유학 중이었고, 나는 방학이 되자마자 비상금을 탈탈 털어 미국으로 간 참이었다. 오랜만에 만난 자매는 추억을 쌓느라 정신이 없었다.

내친 김에 우리는 샌프란시스코에 가기로 했다. 가든 그로브에서 샌프란시스코까지의 거리는 600킬로미터 정도 되기 때문에 보통 버스나 비행기로 이동을 하는데, 우리는 호기롭게 직접 차를 운전해 가보기로 했다. 문제는 나는 국제면허증을 발급받지 않은 상태라 운전면허를 딴 지 얼마 안 된 언니가 장시간 혼자 운전을 해야 한다는 것이었다. 조금 걱정은 되었지만 우리는 일단 도전하기로 했다.

우리의 목표는 자정에 출발해 아침 일찍 샌프란시스코에 도착하는 것이었다. 그때의 우린 참 용감했다. 운전 경험이 많은 사람도 야간운전이나 밤샘운전은 위험해서 꺼리기 마련인데, 젊음의 패기로 마냥 직진했으니까.

하지만 불안한 마음도 잠시, 늦은 밤의 도로는 가히 환상적이었다. 눈앞에는 온통 하늘뿐이었다. 하늘을 가득 채운 별들이 금방이라도 쏟아져 내릴 듯 아름다웠다. 지금도 그날의 하늘이 기억 속에 생생히 떠오른다.

차는 줄곧 시속 130~140킬로미터로 달렸다. 네 시간 정도 지났을까, 지도를 보니 5번 프리웨이가 끝나가고 있었다. 샌프란시스코가 가까워졌다는 뜻이다. 마음이 들뜬 우리는 점점 들떴고 흥분했다. 나는 여느 때처럼 조수석에 양반다리를 하고 앉아 쉴 새 없이 수다를 떨었다.

그러던 중 나도 모르게 잠이 든 모양이다. 순식간의 일이었다. 눈을 떴을 때는 이미 언니가 잡고 있던 핸들은 갈 곳을 잃었고, 차는 양옆으로 세차게 흔들리고 있었다. 급하게 핸들을 틀었으나 차는 도로를 벗어나 왼쪽으로 뒤집어졌고, 이후 몇 바퀴를 더 굴렀다. 찰나였지만 내 눈앞의 시간은 슬로우모션 기능을 켜 놓은 것 마냥 매우 느리게 흘렀다. 거대한 쇳덩어리가 땅에 부딪치며 나는 둔탁한 소리, 유리가 깨지는 날카로운 소리, 언니의 비명 소리가 어지럽게 뒤엉켰다.

쿵, 쿵, 쿵. 내 우측 머리와 몸통이 차벽에 계속해서 부딪쳤다. 나는 그대로 정신을 잃었다.

얼마나 시간이 흘렀을까. 사람들이 왔다 갔다 하는 소리가 들렸다. 피부에 엄청나게 차갑고 강한 바람이 와닿았다. 눈을 뜨고 싶었는데 잘되지 않았다. 정신없는 와중에도 내 머리에서 피가 흘러나오고 있는 것이 느껴졌다. 무서웠다. 마치 죽어가는 내 모습을 내가 직접 마주하는 느낌이랄까. 유리 파편들이 온몸을 뒤덮었다. 모든 상황이 꿈처럼 아득했지만, 온몸을 파고드는 고통만큼은 너무나 현실적이었다.

구조대원들이 나를 헬기에 실었다.

"웨얼 이즈 마이 시스터? 웨얼 이즈 마이 시스터?"

남아 있는 힘을 쥐어짜서 소리쳤지만, 실제로 소리가 밖으로 터져 나왔는지는 잘 모르겠다. 사람들은 내가 의식을 잃지 않도

록 거듭 이름을 물었지만, 난 대답할 수 없었다. 나는 의식을 잃은 채 근처 도시의 작은 병원으로 옮겨졌다.

정신을 차려보니 나는 여러 호스에 뒤엉켜 침대 위에 누워있었다. 마치 유리 파편 더미 위에 누워있는 것처럼 전신의 통증이 살갗을 뚫고 전해졌다. 여기저기 피멍이 안 든 곳이 없었다. 폐까지 멍이 들어 숨을 쉬는 순간순간이 고통스러웠다. 머리가 깨질듯한 고통에 눈을 뜨는 것도, 눈동자를 굴리는 것조차 힘겨웠다. 그제야 알아차렸다.

"살았구나."

언니는 경찰차로 이송되어 나보다 늦게 병원에 도착했다. 애타게 찾던 언니가 눈앞에 보이니 그제야 마음이 놓였다. 나중에 들어보니 우리가 탄 차는 지푸라기가 쌓여 있던 들판 위를 데굴 데굴 굴렀다고 한다. 땅이 쿠션 역할을 해주었기에 망정이지, 혹여나 양방향 도로 위에서 사고가 났다면 어떻게 됐을지, 상상만 해도 끔찍하다.

온몸을 파고드는 고통

내 상태는 생각보다 더 심각했다. 오른쪽 네 번째와 다섯 번째 손등 뼈가 골절되었고, 차가 구르면서 머리에 가해진 충격이 커서 뇌졸중, 뇌출혈이 우려되는 상황이었다. 그나마 다행인 건 피가 안에 고여 있지 않고 밖으로 흘러 나왔다는 것이었다.

정신이 돌아오니 통증은 몸속으로 더 세밀하게 파고들었다. 누군가 거대한 병 속에 나를 넣고 사정없이 흔들어낸 마냥 내장과 근육, 세포 하나하나가 마구 뒤섞였다가 제자리를 찾지 못하고 엉뚱한 데서 방황하는 것만 같은 느낌이 들었다.

사고 소식을 들은 이모와 이모부, 사촌언니가 하던 일을 제쳐두고 네다섯 시간이나 되는 먼 거리를 운전해왔다. 하지만 나는 가족들을 쳐다볼 수 없었다. 목을 가눌 수 없는 것은 물론이고 눈동자를 좌우로 굴리기만 해도 머리가 깨질 것만 같았으니까. 아무것도 먹지 못했고 기운도 나질 않았다. 통증이 멈추지 않는 데다가 간호사가 한 시간마다 들어와 맥박을 체크하는 통에 잠도 편히 잘 수 없었다.

게다가 아픈 와중에도 미국의 살인적인 의료비가 내 머릿속을 맴돌며 마음껏 아프지도 못하도록 마구 괴롭혔다. 몸도 마음도 산산조각 난 상태였지만, 나는 계속 병원에 머물며 값비싼 치료비를 감당할 수 있는 처지가 아니었다. 퇴원해야만 한다.

결국 가족들과 나는 퇴원을 결정했다. 병원에서는 어지럼증이나 구토 증상이 있으면 곧바로 와야 한다고 수차례 당부했다. 가족들은 조수석을 뒤로 눕히고 베개를 깐 다음 그 위에 나를 눕혔다. 영락없이 다른 병원으로 이송되는 환자의 모습이었는데, 그런 내 모습이 우스워 힘겹게 웃었던 기억이 난다.

우리는 그렇게 쉬엄쉬엄 가든 그로브로 향했다. 아무리 조심히 운전한다 해도 내 몸은 깨지기 직전의 유리 같아서 낮은 방지턱 하나에도 머리끝부터 발끝까지 짜릿한 충격이 전달됐다.

집에 도착해서도 한동안은 누워만 지냈다. 손가락을 까딱하기만 해도 입을 벌리거나 웃거나 심지어 가만히 있어도 아팠다. 나는 모든 감정을 눈물로 표현할 수밖에 없었다. 속상해도 눈물을 흘리고 웃겨도 눈물을 흘렸다.

오로지 살아야겠다는 생각뿐

어떻게 일군 건강이었는데, 단 한 번의 사고로 나는 어릴 적 병약했던 시절로 되돌아갔다. 너무 막막했지만, 그렇다고 절망한 채로 마냥 있을 수만은 없었다. 고통스러울 때면 이렇게 되뇌었다.

'죽지 않은 게 어디야? 치료만 잘 받으면 돼. 씩씩하게 이겨 내자.' 나는 그저 살아있음에 감사했다. 죽지 않고 살았기에, 지금 내가 해야 할 일은 회복에 집중하는 것뿐이었다. 오로지 회복에만 나의 온 에너지를 쏟았다.

사고 이튿날부터 카이로프랙틱(약물이나 수술 대신, 예방과 유지적인 측면에 중점을 두고 영양과 운동을 겸한 신경, 근육, 골격을 복합적으로 다루는 치료법) 치료를 시작했다. 스스로 몸을 가누는 것도 버겁고 오른손 깁스 때문에 혼자서 거뜬히 해내던 일들이 불편하고 어려워졌지만, 가족들의 도움으로 밥을 먹고 머리도 감았다.

나는 사고 전과 같은 일상을 누리려고 애썼다. 언니에게 의지해 집 근처 바다에 나가 바람도 쐬고 회복을 위해 자주 걸었다. 하지만 다시 예전처럼 혼자 걸을 수 있을까 하는 생각이 들 정도로 내 몸은 갈 길이 멀어 보였다. 하지만 포기하지 않았다. 나는 살았으니까. 몸이 아픈 것쯤은 내 힘으로 충분히 이겨낼 수 있을 거라고 생각했다. 치료도 열심히 다녔고, 매일 죽어라 움직였다. 가만히 있는 게 오히려 더 고통이었다. 그리고 어느덧 한국으로 돌아갈 날이 다가오고 있었다.

한 달 반이 지나 한국으로 돌아왔고, 그제야 제대로 정밀검사를 받을 수 있었다. 내 몸은 생각보다 더 심각했다. 경추 1번 인대는 위험 수준으로 찢어져 있었고, 목뼈는 모든 구간 디스크 진단을 받았다. 오른쪽 새끼손가락뼈는 부러졌다가 잘못 붙어버린 탓에 뼈를 깨뜨려 갈아낸 다음 동물 뼛가루를 섞어 다시 결합하는 수술을 해야 했다. 입원 중에는 항생제 부작용을 겪었다. 쉬지 않고 폐쇄공포증과 공황장애가 찾아왔다. 좁은 공간에서는 가슴이 답답해지고 숨이 잘 쉬어지지 않았다. 비가 오기 이틀 전부터는 침대에서 몸을 일으키지 못할 만큼 머리부터 발끝까지 온몸이 쑤시고 아팠다.

나의 하늘은 수차례 무너져내렸다. 포기하고 싶을 만큼 힘겨웠지만 그렇다고 해서 아픔에 쉽게 지고 싶진 않았다. 1년을 꼬박 쉼 없이 재활치료에 매달렸다. 스트레칭과 걷기, 맨몸운동으로 몸의 감각을 다시 깨웠고, 조금씩 웨이트 트레이닝도 병행했다. 가만히 침대에 누워있는 것보다 움직이는 편이 회복하는 속도를 높여주었다. 하지만 당시 나는 용돈을 스스로 벌어서 사용했기에, 백날 회복에만 집중할 수만도 없었다. 간간히 초등학교, 고등학교에서 아침운동 수업과 방과 후 수업을 하며 용돈을 벌었고 좋은 기회에 필라테스 강사 자격증도 취득하게 되었다. 치료와 공부를 병행하는 게 여간 쉬운 일은 아니었지만 오히려 아팠던 경험이 몸을 이해하는 데는 충분한 도움을 주었다. 아마이 시기에 운동에 대한 확신이 들었을 지도 모른다. 운동은 나를 위해 평생 해야 할 숙명이라는 것을.

미국 사고 후에도 조심성이 없던 성격 탓에 내 몸은 늘 사고 위험에 노출되어 있었다. 몇 번의 접촉사고가 더 있었고, 경사가 심한 내리막길에서 자전거를 타다 심하게 구른 적도 있었다. 충격이 작든 크든 내 몸은 언제나 크게 놀랐다. 비 오는 날 계단을 오르내리거나, 누군가가 갑자기 나를 툭 치거나, 타고 있던 차가 급정거를 하는 등 언제든 맞닥뜨릴 수 있는 사소한 일들이 목디스크와 전신의 통증을 악화시켰다.

게다가 컨디션이 조금이라도 무너지는 날이면 교통사고 후유증이 예고 없이 튀어나와 몸과 마음을 마구잡이로 헤집어 놓았다. 많은 시간이 흘렀지만 그날의 기억은 여전히 나를 괴롭히고 있다. 지금도 무리했다 생각이 드는 날이면 어김없이 컨디션이 와장창 무너져 내리고 만다. 몸이 퉁퉁 붓거나 이유 없이 열이 펄펄 끓는 날도, 몸이 저 아래 땅을 뚫고 푹 꺼지는 느낌이 드는 날도 있다. 이런 고통은 표현하기가 굉장히 애매한 것이라 증상을 설명하기조차 어렵다.

병원에 가도 그저 이 모든 증상들이 교통사고의 영향인 것 같다고 이야기하는 게 전부이기에, 내가 할 수 있는 최선은 컨디션이 무너지지 않도록 스스로 관리하고 조절하는 일뿐이다. 약도 없고, 언제 끝날지도 알 수 없다. 어쩌면 평생 안고 가야 하는 것일지도 모른다는 생각에 두려움이 엄습해온다.

내가 운동하는 이유

끔찍한 사고를 겪고도 빨리 회복할 수 있었던 이유 중 하나는 그 즈음 내가 꽤 건강했기 때문이었다. 체육 선생님의 제안으로 열아홉 살에 운동을 시작한 뒤로는 5년 동안 운동을 쉰 적이 없었기에, 사고 직전까지 나의 체력은 무척이나 좋은 상태였다. 강한 체력과 운동 경험이 없었더라면 아마 회복하기까지 훨씬 더 오랜 기간과 노력이 필요했을 것이다.

그 이후, 나는 생명의 소중함과 함께 건강의 중요성을 다시금 깨달았다. 내가 운동을 하는 첫 번째 목적은 바로 '건강'이다. 직업적 책임감, 아름다운 몸에 대한 욕구도 분명 있으나 그보다 우선하는 것은 오로지 내 몸이 건강한 상태를 일정하게 유지하는 것, 그뿐이다. 행복하게 사는 데 있어 건강이 얼마나 중요한

지 누구보다 잘 아는 까닭이다.

건강해지고 싶다면 건강해지고자 하는 스스로의 의지가 강력해야만 한다.

아픈 기억뿐이었던 어린 시절

사실 나는 열아홉 이전에는 건강과는 거리가 아주 먼 사람이었다. 태어날 때부터 그랬다. 엄마는 첫아이를 제왕절개로 낳은 지 13개월 만에 쌍둥이를 출산했다. 산모도, 아기들도 약할 수밖에 없는 상황이었다. 나는 2.2킬로그램으로 태어나 숨을 제대로 쉬지 못해 쌍둥이 동생과 함께 인큐베이터 안에서 세상과 첫 대면을 했다.

선천적으로 장이 약했고, 자연히 면역력도 현저히 낮았다. 기관지도 좋지 못해 신생아 시절부터 폐렴과 장염을 달고 살았다. 주사 바늘을 꽂아야 하는데 혈관을 찾을 수 없어 앞머리를 밀고 그 자리에 바늘을 꽂아 링거를 맞았다. 아기가 어찌나 작고 말랐던지 엄마에게 안겨 있다가 팔 사이로 쑥 빠지는 바람에 온 가족이 화들짝 놀랐던 적도 있다고 한다.

일주일에 서너 번은 병원에 가야 했다. 학창시절 반에서는 항상 키가 작은 편에 속했고, 몸이 약하다 보니 부모님은 봄가을마다 내게 한약을 지어 먹였다. 그럼에도 불구하고 나는 열세 살 때까지 조그마한 컵라면 하나 다 먹지 못할 만큼 입이 짧았다.

5학년 때였던가, 뇌수막염을 심하게 앓은 적이 있었다. 누군가가 커다란 망치로 머리를 쿵하고 내리찍는 느낌. 어찌나 심하게 열이 나고 머리가 아프던지 20년이 지난 지금도 그때의 통증이 생생하게 떠오를 정도다. 언제나 저혈압은 옵션이었고, 중학교 때 초경을 시작한 뒤로는 빈혈까지 생겼다.

타고나길 밝고 명랑했음에도 불구하고 아플 때면 떼쓰는 어린 아이처럼 몇 시간이고 울다 지쳐 응급실로 향하는 게 일상이었다.

피할 수 없는 운명이라면

몸이 그렇게나 약했는데, 아이러니하게도 운동신경은 정말 뛰어났다. 나와 쌍둥이 동생은 물론, 언니도 운동을 잘해서 매년 초등학교 운동회가 있는 날이면 세 자매가 저마다 반을 대표해서 계주로 나왔다. 나는 달리기를 워낙 잘해서 초등학생 때는 육상부, 중학교 때는 펜싱부에서 선수 제안까지 받았지만 워낙 태초부터 약했던 딸이라 부모님은 운동의 길을 반대하셨다. 운동이 좋았고, 재능도 있었지만 큰 불만 없이 부모님의 의견에 따랐다.

나는 고등학교 3학년이 되어서도 진로를 정하지 못했다. 인문계에서 공부는 어중간한 실력이었지만, 체육 과목만 상위 1%

였기에 잘하는 건 운동뿐이라 생각했다. 어릴 때부터 꿈이 많았기에 단 하나의 직업, 방향을 정해야 한다고 생각하니 선택장애가 왔다. 중학교 3학년 무렵, 훗날 나의 직업에 대해서 상상해본 적이 있는데 바로 스튜어디스와 체육선생님이었다. 꿈이 많았던 나는 둘 다 되고 싶었다. 하지만 문제는 '어떻게'였다. 이 문제를 해결하지 못하고 어느새 고등학교 3학년이 되어버렸다.

그러던 어느 날 체육선생님이 나를 교무실로 부르셨다. 그분은 체대입시반 담당 선생님이었다. 나를 부른 이유가 조금은 짐작되었다.

"으뜸아 체대입시 한번 해볼래?"

솔깃했다. 아무것도 정해진 건 없었지만, 선생님의 제안만으로도 가슴이 뛰고 설레었다. 몇 년간 진로 때문에 답답했던 가슴이 뻥 뚫리는 기분이었다. 김칫국을 한 사발 들이키면서 눈앞에 새로운 길이 열리는 모습을 상상했다. 돌이켜보면 그날 그때 선생님과의 면담이 지금의 나를 있게 한 가장 큰 인생의 터닝포인트가 아니었을까 싶다.

"저 체대입시 시작하기에 너무 늦은 거 아니에요?"

내심 걱정이 앞섰다. 보통은 고등학교 1~2학년부터 체대입시 준비를 시작하는 경우가 많았고, 그때는 4월이 다가오고 있던 시기라 너무 늦은 건 아닐까하는 생각이 들었다. 하지만 선생님은 늦지 않았다, 너라면 무조건 가능성이 있다고 하셨다. 확신에 찬 선생님의 말에 용기가 났다. 나는 선생님의 믿음에 기대보기로 했다.

마지막 관문은 부모님의 허락을 받는 것이었다. 부모님이 반대하실 거라는 걸 이미 알고 있었다. 하지만 나는 정말로 체대 입시를 시작해보고 싶었다. 나는 간절한 마음으로 기도했다. 기도가 통했는지, 아니면 눈물을 뚝뚝 흘리며 두 손 모아 허락을 비는 딸이 안타까웠는지, 부모님은 결국 나에게 져주셨다.

아싸!!!

마이너스에서 플러스 체력으로

운동에 따르는 고통은 생각보다도 어마어마했다. 체대입시 실기 시험을 보기 위해 가장 필요한 건 기초체력인데, 내 체력 수준은 터무니없을 정도로 낮아서 일단 보통 수준으로 끌어올리는 것이 급선무였다.

0도 아닌 마이너스였던 체력을 기르는 과정은 가시밭길을 걷는 것과 다를 바 없었다. 몸이 너무 힘든 나머지 가끔은 마음까지도 무너지기 일쑤였다. 뒤늦게 사춘기가 찾아온 걸까. 기분이 들쑥날쑥해 신경질부리는 날이 많았다. 몸이 따라주지 않아도 이를 악물고 울며 버텼다. 생리가 시작되거나 부상으로 체력 훈련에 참여할 수 없는 날이면 병원에서 물리치료를 받고 돌아와

훈련하는 친구들 옆에서 복근 운동을 1000개, 2000개씩 했다.

고통스럽던 하루하루가 쌓일수록 점점 체력이 늘어가는 것이 느껴졌다. 늘 하얗게 질려있던 얼굴에 혈색이 돌기 시작했고, 면역력이 높아지면서 1년 내내 달고 살던 감기도 잘 안 걸리게 되었다. 안 그래도 밝은 성격인데 웃음이 더 많아졌다. 내 생애 가장 열심이었던, 운동만으로 가득 찼던 고3 시절은 이렇게 지나갔다.

그렇게 1년의 결실이 쌓여 누가 봐도 건강하고 생기있는 모습으로 동덕여자대학교 체육학과에 입학했다. 이후에도 나는 하루도 운동하지 않은 날이 없었다. 오히려 체대입시를 준비할 때보다도 더 열심히 했다. 종종 모교에서 체대입시를 준비하는 후배들의 훈련을 돕기도 했는데, 어느 날 내 모습을 지켜보던 또 다른 선생님께서 갑자기 이런 말씀을 하셨다.

"으뜸아, 너는 트레이너 해라. 그걸로 먹고 살면 되겠다."

트레이너? 당시에는 헬스장에 등록해 운동하는 사람이 요즘처럼 많지 않았기 때문에 헬스장도, 퍼스널 트레이너도 생소했다. 하지만 나는 선생님의 말을 흘려듣지 않고, 이곳저곳 직접 부딪치며 트레이너에 대한 정보를 수집했다. 알면 알수록 한번쯤 도전해보고 싶은 일이라는 확신이 들었다.

스무 살, 나는 너무나 어린 나이에 트레이너로 사회에 뛰어들었다. 체대입시 운동스타일과는 차원이 다른, 보디빌딩 운동을 하나씩 습득하면서 새로운 경험을 쌓기 시작했다. 이렇게 내 인생은 고교시절 두 선생님의 조언으로 방향이 분명해졌다. 병약하기만 했던 작은 아이는 운동을 시작하면서 인생이 180도로 바뀌었다.

운동은 너무 재미있었고, 운동을 하는 과정 속에서 스스로에 대한 믿음과 자신감이 증폭됐다. 트레이너가 되지 않았더라도 난 이 마음가짐으로 무엇이든 해냈을 거라 확신한다. 그게 '체력의 힘'이자 '운동의 힘'이다.

할 수 있다, 조건 없는 믿음

내게는 인생의 길을 제시해준 두 분의 선생님이 계셨고, 그분들의 지도로 지금의 심으뜸이 탄생할 수 있었다. 여전히 그들은 내 인생의 멘토다. 그들이 내게 해주었던 것처럼, 나 역시 누군가에게 도움을 주고 길을 제시하는 사람이 되자 다짐했다.

내가 건넨 한마디가 누군가에게 닿아 무엇이든 시작하게 만들 수 있는 작은 계기가 되길 간절히 바란다. 그리고 그것이 운동이라면 더이상 바랄 것이 없다.

지금, 바로, 그냥

내 유튜브 채널 구독자인 '버금이'들에게, 그리고 오프라인 강의나 블로그, SNS를 통해 만나는 모든 사람들에게 스쿼트를 권하며 '누구나 할 수 있다'라고 외치는 건 그냥 던지는 말이 아니다. 나는 정말로 그렇게 믿는다.

각양각색의 스쿼트 영상을 찍을 때면 나는 항상 쉼 없이 이야기한다. 나와 함께 운동하는 사람들이 정확한 자세로 분명한 효과를 보았으면 하는 바람 때문이기도 하지만, 내 목소리로 하여금 '할 수 있다'는 자신감과 동기부여를 주고 싶은 마음이 더 크다. 모태 허약 체질이었던 나도 했는데, 나를 보고 있는 당신도 할 수 있다고 용기를 주고 싶다.

많은 사람들이 스스로를 믿지 못한다. 건강해지고 싶다고, 아름다워지고 싶다고 말하면서도 자기가 그렇게 될 수 있다고 확신에 차 있는 사람은 사실 별로 없다. '어차피 난 안 돼.', '난 모태통통이라 저 언니랑은 달라.' 이런 말들을 속으로 되뇌며 도전하기를 두려워한다. 그러면서 겉으로는 귀찮다고, 너무 바쁘다고, 할 줄 모른다고 핑계를 댄다. 또 지금 인생에서 운동 조금 한다고 해서 뭐가 얼마나 달라지겠느냐고 대놓고 의심하는 사람들도 많다.

무조건 된다고 말해도 절대 안 된다고 반박하는 사람이라면 나도 어찌할 도리가 없다. 그러나 누군가에게 믿음을 심어줄 수 있다면, 그래서 수백 명 중 한 명이라도 나의 말에 확신을 갖고 도전하도록 만들 수 있다면 나는 계속해서 외칠 것이다. 이것저것 생각하지 말고 '지금, 바로, 그냥' 나를 따라 움직여 보라고.

삶을 바꾸는 성취의 경험

정말 맛있는 음식이나 좋은 물건을 발견하면 당장 친구에게 달려가 알려주고 싶다. 내게는 운동이 그렇다. 운동을 통해 내가 겪은 긍정적인 변화, 성취의 기쁨을 주변 사람들에게 전달할 수 있다면 얼마나 좋을까? 그 사람도 운동으로 인해 나와 같은 경험을 할 수 있다면 그 모습을 지켜보는 나는 또 얼마나 흐뭇해질까?

그것이야말로 내가 잘할 수 있는 일이고, 혼자 운동을 하는 것만큼이나 좋아할 수 있는 일일 거라 생각했다. 마다할 이유가 없었다.

필라테스를 만나다

나는 스무 살 겨울방학부터 본격적으로 헬스장에서 일을 시작했다. 누가 봐도 고등학생처럼 보이는 여자애가 화장기도 없이 어린 목소리로 운동을 가르치려고 하니, 아무도 트레이너로 인정해주지 않았다. 우락부락한 근육을 만들어 보디빌딩 대회(이때가 피트니스 대회 열풍이 생겨나기 5년 전쯤이다.)에 출전할까 고민도 했지만 주변의 만류에 선뜻 도전하지 못했고, 그렇다고 얼굴을 더 나이 들어보이게 바꿀 수도 없는 노릇이었다.

선입견에 맞서 실력으로 인정받기 위해 내가 할 수 있는 건 더 많은 경험과 더 많은 노력이었다. 쉬지 않고 공부하고 운동을 가르쳤다. 누군가의 방식을 따라하기보다는 스스로 고민하고 부딪치며 다양한 사람들의 케이스를 운동으로 풀어나갔다. 이렇게 내 이십 대 초반은 사회생활과 학교생활을 병행하며 빠르게 지나갔다. 중간 중간 번아웃이 찾아왔지만 그때마다 일과 공부를 내려놓고 휴식을 취하는 것이 좋다는 것도 경험으로 깨우쳤다. 그리고 2012년 1학기를 마치고 떠난 미국 여행에서 죽음의 문턱까지 간 사고로 인해 일과 학업, 모든 것을 내려놓게 되었다.

어쩌면 그때 그 사고를 기점으로 내 머릿속에 자리하던 직업에 대한 기준이 싹 바뀌었을 지도 모른다. 사고로 인해 척추측만이 생겼고, 디스크 진단을 받으면서 나는 몸이 아프지 않기 위해 평생 몸을 관리해야 한다는 숙제가 생겼다. 그리고 그 숙제를 위해 선택한 운동이 필라테스였다.

트레이너 시절에도 잠깐 필라테스 교육을 받은 적은 있었다. 당시에는 약간 심오한 운동이라는 생각만 했을 뿐, 어떤 원리로 어떻게 움직임을 이끌어내는지 근본적으로 이해가 잘 되지 않았다. 하지만 사고 후 몸이 아프고 나서 필라테스를 해보니 그제야 필라테스의 원리가 제법 이해되기 시작하는 거다. 신기한 경험이었다. 이어서 필라테스 지도자 자격증을 땄고, 곧바로 필라테스 스튜디오에서 일을 시작했다. 트레이너로서 운동을 지도한 경험이 바탕이 되어 필라테스 강사로서 회원들을 잘 이끌어줄 수 있었다.

무모한 도전이 가져다준 기회

필라테스 강사로 2년 가까이 정신없이 시간을 보내던 시기에 나는 무모한 도전을 해보기로 했다.

'피트니스 대회에 나가보자!'

결코 충동적인 결정은 아니었다. 다만 '여자가 굳이 왜?'라는 주변의 시선과 '너에게 어울리지 않아'라는 주변의 만류에 의기소침해져서 망설이다가 도전의 기회를 미뤄왔을 뿐이었다.

그런데 죽음의 공포를 겪고 난 다음이라 그런 걸까? 교통사고 후유증으로 몸이 무너지는 날을 견디고 극복하는 것에 점차 익숙해지고 있었다. 아팠다가 회복하기를 반복하면서 몸은 지칠지언정 마음은 강해졌고, 인내심은 더 견고해졌다. 누가 뭐라고 하든지 내가 하고 싶은 일이라면 포기하지 말아야겠다는 생각이 강하게 들었다.

무작정 운동을 가르쳐줄 선생님을 구하고 대회 정보를 모았다. 생활비와 학비를 벌어야 했고 대회에 드는 비용도 상당했지만 지금이 아니면 안 될 것 같아 도전하기로 마음먹었다.

당시 내 스케줄은 살인적이었다. 아침 7시부터 밤 11시까지 10개가 넘는 레슨을 소화하면서 중간 중간 운동도 하고 식단도 하고 몸도 만들어야 했으니까.

대회에 출전하기 위해 난생처음 체중을 늘렸다. 내 몸은 처음 만나는 체중에 적잖이 놀랐고, 여기에 사고 후유증이 수시로 찾아와 나를 괴롭혔다. 부종과의 싸움도 이겨내야만 했다. 그렇게 근육량을 높이기 위해 7~8킬로그램을 늘렸고, 다시 체지방을 걷어내는 과정을 통해 7~8킬로그램을 낮췄다. 서너 시간 간격으로 정해진 음식만 먹고 매일 운동했다. 꼼꼼하게 내 상태를 기록하고 선생님과 의견을 나눴다. 돈도, 인맥도, 아는 것도 없었기에 악으로 깡으로 운동하는 것 밖에는 방법이 없었다. 그렇게 수 개월 간의 준비를 마치고 선수로서 첫 번째 데뷔 무대에 올랐다.

결과는 놀라웠다. 피규어, 스포츠모델, 두 가지 종목에서 각 1 위 그리고 여자 종합 1위라는 성적을 얻으며 생애 첫 대회에서 무려 3개의 트로피를 수상했다.

각종 언론, 매체에서 엄청난 관심이 쏟아졌다. 뒤이어 2015년 나바코리아 상반기 에슬레틱 체급 2위, 스포츠모델 체급 1위, 스포츠모델 프로 1위, 2015년 하반기 미스비키니 체급 1위, 2016 년 상반기 스포츠모델 프로 1위까지 출전하는 종목마다 체급 1 위와 프로 1위를 휩쓸었다.

그렇게 피트니스 선수로서 나의 경력은 점점 더 화려해졌다. 조금씩 이름을 알리게 되자 기획사가 생기고, 방송 출연까지 하게 되었다.

그렇게 방송인으로 1년을 열심히 보내던 때에 불현듯 지금의 삶에 회의감이 들었다. 심으뜸이라는 사람은 유명해졌지만 이 삶은 내가 주도했다고 할 수 없었다. 몸에 맞지 않는 옷을 입고 있는 기분이었다고 해야 할까. 이게 진짜 내가 원하는 삶이 맞는지 회의감이 밀려들면서 내 마음은 불안으로 가득찼다. 운동을 가르치는 일을 놓고 싶지 않았고, 공부의 필요성도 절실히 느꼈기 때문에 이쯤에서 내가 나아갈 방향을 좀 더 확실히 할 필요가 있었다.

이후 필라테스 자격증도 추가로 취득하고 더 많이 수련하며 다시 공부를 시작했다. 전처럼 '나'를 케어하는 일에 집중하기 위해 3년간 출전했던 피트니스 대회도 2016년을 끝으로 더 이상 나가지 않기로 했다. 중량운동을 하면 안 되는 몸으로 강도 높은 운동을 했기에 컨디션과 건강에 적신호가 켜진 상태였다.

선수로서 지냈던 3년은 내게 다양한 경험과 수많은 기회를 선물해준 소중한 시간임에 틀림없지만 외적인 내 몸을 가꾸느라 내적인 내 몸을 돌보지 못했던 시간이기도 했다. 사고 이후 오로지 건강을 최우선으로 여기던 내가, 건강을 뒷전으로 여겼던 유일한 때이기도 하다. 하지만 모든 것은 온전히 내 의지였고 선택이었다. 그때의 나는 내일이 없는 것처럼 열정적으로 달렸고 그만큼 값진 경험들을 했기에 큰 미련도, 아쉬움도 없다.

이토록 운동은 내 삶의 많은 영역에 변화를 가져다주었다. 그 중에서도 무엇이든 도전할 수 있게 만드는 에너지, 즉 '체력'을 선물했다. 운동을 통해 얻어지는 체력은 삶을 진취적으로 살아가게 만드는데 크나큰 원동력이 된다.

노력을 통해 원하는 바를 이뤘을 때 찾아오는 것이 바로 성취감이다. 크기에 상관없이 성취감은 그 자체만으로도 매우 달콤하며 계속 해나갈 수 있도록 스스로에게 확신을 주는 힘이다. 운동을 함으로써 체력을 얻고 이 성취의 경험이 반복해서 쌓이면 누가 시키지 않아도 스스로 목표를 세우고 노력하게 된다.

어려운 운동이 아니어도 괜찮다. 많이 할 필요도 없다. 처음부터 무리한 계획을 세우면 도리어 포기하거나 실패하기 쉽다. 한 달 안에 연예인 몸매를 만들겠다거나 바디프로필을 찍겠다는 목표보다는 조금씩 꾸준히 할 수 있는 운동으로 성취의 맛을 느껴보는 것이 더 중요하다.

단 10분이어도 좋다. 10분이 어렵다면 단 1분이어도 좋다. 한 달, 보름, 일주일, 기간은 상관 없다. 작은 성취를 위한 작은 도전. 그것이 바로 변화의 시작이다.

언제나 핵심은 '건강'이다

온라인 활동을 하면서 사람들에게 참 많은 질문을 받았다. 초기에는 주로 운동이나 식단, 생활습관을 개선하는 법 등에 대해 물어보았다면 지금은 멘탈 관리와 진로 상담, 인생의 전반적인 고민까지, 질문의 영역이 한층 더 넓어졌다.

특히 세바시 강연과 각종 인터뷰를 통해 아팠던 시절의 이야기가 알려진 뒤로는 큰 사고나 질병을 겪은 분들이 자신의 사연을 내게 털어놓기 시작했다. 나는 누구보다 그분들의 심정을 잘 안다. 건강이 무너지고, 마음이 무너지고, 그로인해 나의 모든 일상이 무너지는 일이 얼마나 고통스러운지.

아파본 적이 없는 사람은 절대 모른다. 내내 건강했던 사람들은 짐작할 수 없는 고통이기 때문이다. 무엇이든 내 일이 되기 전에는 알 수 없는 법이다.

열아홉부터 운동을 해온 이력과 성격이 초긍정에 가까웠던 탓에 남들보다 몸과 마음을 빠른 시간 안에 회복하긴 했지만, 나 역시 불쑥 찾아오는 교통사고 후유증에는 두 손, 두 발을 다 들곤 했다. 때때로 지금도 그렇다. 예민했던 몸이 교통사고를 겪은 뒤부터는 극도로 예민해져버렸다.

몸과 마음은 하나

나는 아침에 눈을 뜨는 순간, 그날의 컨디션을 짐작할 수 있다. 교통사고 후유증이 심했던 과거 어느 날에는 잠에서 깨자마자 물컹하고 끈끈한 괴물이 몸 전체를 꽉 붙들고 있는 느낌이 들었다. 몸뚱이가 물에 젖은 거대한 스펀지처럼 무거워서 도저히 일으킬 수가 없었다. 그런 날이면 어김없이 다음 날 비가 왔다. 이렇듯 몸이 기압의 영향을 받는다는 사실을 인지하게 되니, 일기예보에 비 소식만 있으면 미리 더 긴장하고 움츠러들곤 했다.

몸의 컨디션이 좋지 않으면 마음 컨디션도 덩달아 불편해진다. 하루 일과를 계획대로 실천하는 것이 어렵고, 밥 먹는 것, 운동하는 것조차 평소와 다르게 느껴진다. 그러면 저절로 기운이 축 가라앉고 이윽고 우울감이 찾아온다. 우울감은 무기력을 동반하기에 몸을 움직이는 것이 더 버겁다.

그런데 몸을 움직이지 않으면 우울감은 더 심해진다. 말 그대로 악순환인 셈이다. 몸과 마음은 언제나 연결되어 있다.

운동으로 약한 체력을 극복하고 다친 몸을 회복한 시간들은 나를 단단하게 만들어줬지만, 아픈 순간으로 돌아가면 나는 항상 힘들었다. 어릴 때부터 그렇게 아팠는데도 영 익숙해지지 않는다. 아픈 게 싫다. 진심으로 매일 건강하고만 싶다.

몸이 아픈 날이면 어릴 적 습관처럼 눈물이 먼저 난다. 결혼 전에는 엄마 앞에서 울었고, 지금은 남편 앞에서 운다. 아무래도 내 몸은 아프다는 신호를 눈물로 보내는 것만 같다. 곧이어 두통이 찾아오고 면역력이 떨어진다. 그러면 몸의 어느 한곳에 염증이 생긴다. 뇌수막염, 신우염, 충수염을 앓았고, 고열에 시달렸던 것만 수십 번을 훌쩍 넘는다. 아픈 경험이 쌓이다보니 자연히 나는 몸이 주는 신호에 더더욱 귀를 기울이게 되었다.

아픈 게 너무 싫어서, 아프지 않으려고 내 몸을 민감하게 들여다본다.

내 몸의 신호를 있는 그대로 받아들이는 작은 습관

"언니는 어쩜 생리 전후에도 몸이 비슷해요?"

생리가 몸에 주는 영향에 관한 영상을 올렸을 때 누군가가 이렇게 물은 적이 있다. 사람마다 증상은 다 다르지만, 보통 생리 전에는 몸이 붓고 아랫배가 나온다. 나도 마찬가지다.

여성의 생리는 호르몬의 주기에 따라 영향을 받는데, 생리 전에는 자궁내막을 보호하는 호르몬인 프로게스테론이 증가한다. 여기엔 몸의 수분을 잡아당기는 성분이 있어서 피하에 수분이 차거나 조금 붓는 느낌이 드는데, 이는 지극히 자연스러운 현상이다.

나의 경우 오랜 기간 운동을 해왔고 골격근량이 많기 때문에 생리로 인한 몸의 변화가 보통 사람보다는 덜한 편임에도 불구하고 호르몬으로 인한 미세한 변화마저도 놓치지 않으려, 인지하고 곧바로 대처하려 한다. 부어오르는 자궁, 묵직해지는 몸, 두꺼워지는 피하를 느낄 정도로 예민해질 때면 컨디션에 따라 업무 외의 일정을 조절하는 편이다. 절대 무리하지 않는다.

그리고 몸이 수분을 머금고 있는 상황은 아주 자연스럽고 당연한 것이기에 '살이 쪘다'로 받아들이지 않고 '생리 전이다'로 인지한다.

나는 이런 신체적인 부분에 예민한 편이다. 자주 아팠던 경험

때문인지 다른 사람보다 더 일찍 내 몸에 관심을 기울이고, 파악하고, 깨우치게 되었다.

운동의 목적

내가 건강을 위해 꼭 실천하고자 하는 것 중 한 가지는 과한 운동을 피하는 것이다. 운동으로 몸을 키우고 빠른 변화를 꾀하는 것보다 변함 없이 건강한 상태를 유지하는 것이 나에게는 너무 중요하기 때문이다.

운동의 목적은 때때로 바뀌었지만, 그럼에도 변하지 않은 첫 번째 목적은 오직 '건강'이다. 언제나 '멋지게 보여야 한다'와 같은 강박보다는 '건강한 지금의 상태를 유지하고 싶다'에 중점을 둔다.

평생 건강할 수만 있다면 얼마나 감사할까, 다른 사람들도 나를 보고 운동을 해서 건강해진다면 얼마나 행복할까, 하는 마음으로 매일 운동을 한다.

피트니스 선수 시절에 가장 신경 썼던 부분 역시 무리하다가 부상을 입지 않도록 최대한 조심하는 것이었다. 시즌과 비시즌을 구분 짓지 않았고 늘 나의 적정체중을 유지하려고 애썼다. 첫 대회가 끝나고는 조절하는 방법을 잘 몰라서 체중이 좀 늘었는데, 이후 끼니마다 먹는 양을 조금씩 줄이고 운동 방법을 바꾸는 식으로 평소 유지체중을 되찾았다. 대회가 끝났다고 해서 손을 놓지도 않았고, 가혹하게 몰아세우지도 않았다. 그게 내가 건강한 몸의 루틴을 챙기는 최선의 방법이었고, 덕분에 비시즌에도 몸을 잘 유지하는 선수로 활동할 수 있었다.

그러나 마지막 대회 이후 한동안은 몸을 잘 관리하지 못했다. 지금의 남편과 연애를 시작하던 때라 맛있는 음식을 먹을 일이 잦았고, 방송 스케줄이 밤낮을 오가며 들쑥날쑥하던 탓에 바이오리듬이 깨진 것도 한몫 했다. 그때나 지금이나 52~53킬로그램이었을 때가 나에게 가장 건강한 체중이었는데, 57킬로그램으로 방송 촬영을 진행한 적도 있다. 57킬로그램이라는 숫자에서 하루아침에 52~53킬로그램으로 내려오는 건 불가능하다. 하지만 나는 불가능에 도전했다. 갑자기 큰 촬영이 잡히면 거의 굶다시피 해서 3~4킬로그램을 줄였고, 촬영이 끝나면 곧바로 3~4킬로그램이 늘었다. 악순환이었다. 지금 생각해보면 왜 그랬을까 싶지만 그 경험이 있었기에 다시는 굶는 다이어트를 하지 않게 되었다.

이렇듯 체중이 흔들릴 때면 컨디션도 함께 휘청거렸다. 그제야 힘겹게 이뤄놓은 건강이라는 주춧돌이 무너지겠다 싶어 초조해졌다. 마음을 굳게 먹고 관리를 시작했다. 건강에 해가 되지 않도록 한 달에 거쳐 1~2킬로그램을 완전히 감량한 후 유지하기를 반복하면서 52킬로그램에 안착하게 되었다. 그 후로도 오랫동안 내 유지체중은 언제나 52킬로그램이다.

많은 사람들이 끝을 정해두지 않고 무작정 다이어트를 한다. 예를 들어 PT 30회가 끝나고 8킬로그램이 빠졌다고 해보자. 이제는 감량 속도를 늦추거나 멈추고 유지에만 힘써야 한다. 그런데 '조금만 더 빼볼까' 하는 욕심에 무리하다가 되레 요요가 오거나 건강을 해치는 경우가 많다. 요요가 오면 이전보다 더 빨리 그리고 쉽게 살이 찐다. 체중만 늘면 차라리 다행인데, 가장 큰 문제는 몸의 밸런스가 무너진다는 것이다.

지나치지도 부족하지도 않게

언제나 핵심은 건강이다. 쓰러질 듯 가녀린 몸매를 원하는 사람조차도 실제로 쓰러지는 것을 원하지는 않는다. 폭식과 단식을 반복하다보면 나도 모르는 사이에 폭식증, 거식증 같은 섭식장애의 굴레에 갇힌다.

뭐든 지나치면 우리 몸은 조절 능력을 상실한다. 식단도, 운동도 '과유불급'이다. 아무리 좋은 습관이어도 강박이나 불안

요소가 되면 결국 몸과 마음에 좋지 않은 영향을 끼친다는 사실을 기억하자.

나는 매끼 건강식만 먹지도 않고, 매일 같은 양의 운동을 하지도 않는다. 저녁 약속이 있는 날에는 즐거운 마음으로 맛있는 음식을 먹는다. 대신 다음 날에는 자극적이지 않은, 가능한 한 영양식을 챙겨 먹으려 한다. 스케줄이 너무 빡빡해서 운동할 틈이 없는 날에는 고된 업무에 지친 몸을 풀어주는 수준의 가벼운 스트레칭만 한다. 폭식을 했다고 해서 다음 날 굶지 않고, 운동을 건너뛰었다고 해서 다음 날 죽을 듯이 하지도 않는다.

몸을 신경 쓰다가 마음이 힘들어지지 않도록, 마음 편하자고 몸에 소홀하지 않도록 노력한다.

"언니, 저 스트레칭 하나로 정말 몸이 좋아졌어요. 기분이 너무 좋아요. 요즘 정말 살 것 같아요!"

운동을 해보니까 너무 좋더라는 후기는 언제나 반갑지만, 그 중에서도 이런 댓글을 보면 기분이 참 좋다. 건강을 잃어봤던 사람은 알 것이다. 몸과 마음이 건강한 것만으로도 얼마나 살맛이 나는지. 그러니 운동을 하지 않을 이유가 무엇일까.

몸이 눈에 띄게 달라졌다면 당연히 고무적인 일이다. 그런 사람의 의지와 끈기는 정말로 존경할 만한 것이다. 하지만 겉으로 보이는 모습만이 중요한 것은 아니다.

어깨 결림이 사라지고, 바른 자세를 인지하게 되고, 계단을 올라갈 때 다리에 힘이 느껴지고, 더부룩했던 속이 편해지는 등 나만이 느끼는 작은 변화도 실은 엄청난 노력에서 찾아온 성과라는 것을 우리는 기억해야 한다. 작고 사소해 보이는 변화를 좀 더 소중히 여길 필요가 있다.

체중에 숨어 있는 힌트

내가 생각하는 나의 적정체중은 52킬로그램이다. 운동을 시작한 2009년부터 현재까지의 평균 체중이기도 하다. 최근 몇 년째 이 체중을 유지하고 있으며 앞으로도 그러길 바란다.

2년 전, 미국으로 필라테스 경험을 쌓기 위해 여행을 떠난 적이 있었다. 마이애미와 뉴욕에 2주 정도 머물렀는데, 한국에 돌아와서 체중을 재보니 2킬로그램이 넘게 빠져있는 거다. 이유인즉슨 큰 식단의 규제 없이 자유롭게 먹고 자유롭게 운동하던 내가, 평소와 다른 패턴으로 2주를 보냈기 때문이다. 유지어터인 내게 2주라는 기간은 몸이 변하기에 충분한 시간이다.

미국에서의 내 모습은 영락없는 다이어터의 일상이었다. 나는 평소보다 더 많이 움직이고 운동했으며, 평소보다 적게 먹었다. 하루 평균 2~3만보씩 걸었고, 매일 필라테스와 스쿼트를 했다. 억지로 운동을 더 하거나, 억지로 음식을 덜 먹지 않았다. 모든 것이 자연스럽고 자유로웠다. 생활 패턴이 평소와 달라지니 체중에도 변화가 찾아왔다. 남이 봐도 그렇고, 내가 느끼기에도 얼굴이 예전 같지 않았다. 볼살이 쏙 빠지고 온몸의 근육이 더 도드라지게 드러났다. 아마 근육량의 변화보다 체지방 감소에서 온 변화가 컸던 것 같다.

남들은 부럽다고 말하겠지만 내게는 전혀 이득이 되는 상황이 아니었다. 나는 활동하기에 최적이라고 느끼는 체중보다 떨어지면 컨디션이 저하되는 것을 바로 느낀다. 당장 적정체중으로 돌리기 위한 관리에 들어갔다. 하필 여름이라 활동량, 운동량까지 많아지는 바람에 체중이 다시 52킬로그램 대로 돌아오기까지 두 달이 넘게 걸렸다.

누구에게나 '적정체중'이 있다

'적정체중'이란 하루를 견디기에 충분한 체력과 에너지가 있는 체중을 말한다. 체중이 너무 적게 나가면 체력과 에너지가 부족하고, 너무 많이 나가면 쉽게 지치고 피로해진다.

다만 적정체중은 당신의 머리가 원하는 것이 아니라 몸이 원하는 체중임을 기억해야 한다. 그러니까 '내 키는 160센티미터니까 48킬로그램이 적정체중이다'라고 단정 짓는 일은 없어야 한다는 말이다.

신장에 따른 표준체중 지표와 체질량지수(BMI) 지표는 어디서든 쉽게 찾아볼 수 있지만, 우리가 주목해야 할 것은 이런 지수들이 아니다. 체중 대비 체지방량, 체지방률, 골격근량 등의 체성분과 체중에 따른 본인만의 체력 수준, 집중력, 컨디션 그리고 심리적인 부분까지 함께 살펴야 한다. 이토록 많은 것들을 고려하고 살펴야 하는 귀찮음을 무릅쓰더라도 '나만의 적정체중을 찾는 일'은 정말 중요하다.

하지만 적정체중은 하루아침에 찾아지는 것이 아니다. 하루, 일주일, 한 달의 평균 컨디션 상태를 살펴야 한다. 나의 체중이 어느 지점에 왔을 때 컨디션이 최상인가, 넘쳐서도 부족해서도 안 된다. 끊임없이 시도하고 부딪치면서 적절한 피드백을 통해 보완하고 받아들이는 과정이 반드시 필요하다.

본인이 살아온 과정, 다이어트 경험, 체력 수준과 컨디션에 따라 이 과정은 짧을 수도 길 수도 있다. 하지만 내가 가이드해준 대로 시도해본다면 시간과 비용을 충분히 아끼면서 '나만의 적정체중'을 찾을 수 있게 될 것이다.

적정체중을 살피는 기준

□ 아침에 일어났을 때 몸이 가볍다

□ 딱히 무겁거나 불편하게 느껴지는 곳이 없다

□ 하루 일정을 소화하는 데 있어 체력적으로 큰 무리가 없다

□ 일과를 마치고 운동을 할 수 있는 체력이 남아 있다

□ 표준체중에서 많이 벗어나 있지 않다(BMI 기준)

□ (여성의 경우) 규칙적인 생리를 한다

생리에 지배당하지 않으려면

여자의 경우, 생리주기를 잘 인식하고 있으면 몸을 자각하기가 한층 쉽다. 우리 몸은 호르몬의 지배를 받는다. 호르몬은 생체리듬과도 너무나 밀접한 관계를 맺고 있어서 그 영향권을 벗어나기가 쉽지 않다. 나 역시 그렇다. 세 자매 중 유독 나만 엄마의 유전적 요소를 물려받아 생리주기가 불규칙하고 생리양이 아주 많으며 진통제가 없으면 생활이 안 될 정도로 극심한 생리통에 시달렸다. PMS(생리전증후군)도 심했다. 생리 기간 내내 나를 괴롭히는 부정적인 에너지와 싸우는 기분이 들었다. 평생 이렇게 살아야 하는 줄만 알았다.

하지만 나는 현재 생리주기가 규칙적이고 생리양은 적당하

며 더 이상 생리통에 시달리지도 않는다. 어떠한 시술도, 어떠한 약물도 쓰지 않았는데 말이다. 그저 건강한 습관을 이어오다 보니 10여 년에 걸쳐 서서히 생리로부터 자유로워졌다. 꾸준한 관리 속에서 내 몸에 대한 이해가 깊어지면서부터는 생리 앞에서 무작정 두 손 두 발 다 들었던 나는 온 데 간 데 없다. 몸의 리듬에 맞춰 내 감정과 욕구를 조절할 수 있는 강한 사람이 되었다.

이렇듯 선천적인 생리 관련 증상을 후천적 노력으로 극복하고 나니, '누구나 나처럼 될 수 있지 않을까?' 하는 생각이 들었다. 내가 운동을 지도하던 회원들에게도 이 방법을 적용시켰고, 결과는 아주 만족스러웠다. 그들 대부분은 운동을 시작한 지 한두 달 만에 PMS 증상이 감소했고, 생리통 역시 확연히 줄어들었다.

내가 그들에게 적용시켰던 방법은 한 번에 무리하지 않고 천천히 점진적으로 건강한 생활습관을 가질 수 있도록 한 것이다. 특히 체중 변화치를 한 달에 체중의 5% 이내로 설정했고, 극단적인 식단이나 무리한 운동량을 요구하지 않았다. 나와의 수업이 끝나더라도 스스로 건강하게 생활습관을 조절할 수 있도록 도왔다.

이처럼 매달 돌아오는 '생리'는 여자의 건강 상태를 체크할 수 있는 가장 중요한 지표 중 하나이다. 생리혈이 맑은지, 양은 적당한지, 생리통은 어떤지 등을 살펴보면 최근 한 달 동안 내가 건강에 얼마나 신경을 썼는지, 스트레스가 심했는지 등을 파악할 수 있다. 해 본 사람이라면 반드시 공감할 것이다.

내 몸이 원하는 체중

나는 사람들에게 항상 자신의 몸을 잘 살펴야 한다고 강조해 말한다. 특히 여자는 여성호르몬, 남자는 남성호르몬이 주는 신호를 예민하게 감지해야 한다.

타고난 성(性)대로 호르몬이 정상 기능을 한다는 건 체온 유지와 같은 '신체 항상성'의 측면에서 정말 중요하기 때문이다.

하지만 언제부터인지 외모지상주의가 만연해졌고 마른 몸에 집착하는 사람이 부쩍 많아졌다. 규칙적인 생활패턴을 유지하면서 건강하게 먹고, 건강하게 운동하는 건 '가장 오래 걸리고 가장 힘든 다이어트 방법'으로 인식되었다. 이들에게 다이어트의 목적이 무엇이냐 물으면 결과적으로 '본인이 원하는 목표 체중에 도달하는 것', 그뿐인 경우가 상당하다.

하지만 '내가 원하는 체중'과 '내 몸이 원하는 체중'은 다르다. 또 '보기에 좋은 몸'과 '내 몸이 좋아하는 몸' 역시 다르다.

시각적인 자극을 추구하는 시대이다 보니 눈이 만족하는 몸을 만들려다가 멀쩡했던 건강 상태를 해치는 일이 너무나 많았다. 돌이켜보면 과거의 나는 언제나 다이어트를 하고 있었다. 다이어트는 평생의 숙제라 생각했고, 그건 여느 사람들과 다르지 않았다.

현재까지 내가 거쳐 온 다이어트 방법만 하더라도 10가지가 넘는다. 그나마 다행인 건 고3 때 운동을 시작하고 체대에 진학했기에 내 다이어트는 언제나 운동과 식단이 병행되었다는 것이다.

물론 디테일은 늘 달랐다. 단순히 식사량을 과하게 줄이면서 운동량은 과하게 늘렸던 적도 있었고, 식사는 적당히 하고 유산소 운동만 한 적도 있다. 보디빌딩식의 극단적인 단백질 위주의 식단만 한 적도 있는데, 그건 절대 다시는 하고 싶지 않을 만큼 고통스러운 경험이었다. 하루 네 끼 퍽퍽한 생닭가슴살, 고구마, 생야채가 전부였으니까. 그 이후로도 직업상 항상 관리를 해야 했기에 이런저런 다이어트를 굉장히 많이 해봤다.

이런 수많은 경험을 통해 깨달은 사실은 체중계의 숫자가 건강한 몸과 반드시 직결되는 것은 아니라는 것이다. 체중이란 내 몸을 이해하고 파악하는 수단으로만 사용해야 한다는 것이 현재 나의 결론이다.

체중은 많은 것을 담고 있다

나는 몸이 선천적으로도 예민했지만 사고 이후 더욱 더 예민
해졌다. 조금만 컨디션이 저조해지면 혈액순환이 더뎌지고 수
분 정체로 인한 부종이 생긴다. 이럴 때 물을 마시면 배출 속도
가 더뎌 평소보다 몸이 훨씬 무겁게 느껴진다. 상황을 감지하고
체중을 재보면 여지없이 1~2킬로그램이 늘어 있다. 덕분에 나
는 생리가 다가오는 시점이나 감기 기운이 조금만 돌아도 내 컨
디션을 어느 정도 파악할 수 있다.

컨디션으로 인해 체중이 일시적으로 늘어났을 때는 체중을
줄이려고 애쓰지 않는다. 운동은 쉬고 평소보다 영양가 있는 음
식을 더 챙겨 먹으며 잠도 더 많이 자려고 노력한다. 감기에 걸
렸다면 밥도 약도 꼬박꼬박 잘 챙겨 먹는다. 그렇게 몸이 충분
히 휴식을 취하고 나면 체중이 조금씩 떨어진다. 이건 컨디션이
좋아지고 있음을 알려주는 신호다. 그제야 다시 운동을 시작하
고 체중은 다시 제자리를 찾는다.

이렇듯 체중 체크로 컨디션 조절하는 방법을 터득한 이후로
는 아플 때마다 수시로 체중을 재지는 않는다. 몸에서 주는 신
호를 예민하게 인지하면서부터 이전보다 더 효율적으로 컨디션
관리를 할 수 있게 되었다.

우리 몸은 '항상성'이라는 기전으로 인해 언제나 일정한 상태

를 유지하려고 한다. 여기서 말하는 항상성이란 오랫동안 머물러 있던 체중을 가장 안전한 상태로 받아들여 그 체중으로 돌아가려고 하는 성질을 의미한다.

수많은 다이어터가 다시 다이어터가 될 수밖에 없는 이유도 이 항상성의 원리 때문이다. 이 항상성 기전은 사람마다 다르기에 다이어트로 체중 감량을 한 뒤 유지 기간을 얼마나 가져야 하는 지도 다 다르다. 정답은 내가 평생 지속적으로 유지하고자 하는 체중에 되도록 '오래 머물러 있는 것'이다.

어렵게 생각하지 말자. 오랜 시간 적정체중을 유지하다 보면 몸을 관리하는 일이 비교적 쉬워진다. 체중이 일시적으로 줄거나 늘었다면 그 숫자에 일희일비하는 대신 내 몸을 점검해보자. 생리 직전이나 직후는 아닌지, 최근에 너무 많이 먹거나 적게 먹었는지, 수면시간이 갑자기 늘거나 줄었는지, 운동을 무리해서 하거나 건너뛰지는 않았는지…. 이런 과정을 통해 원인을 찾으면 일시적인 숫자로 인해 스트레스를 받는 대신, 내 몸이 좋아하는 체중을 찾고 그 체중을 유지할 수 있다.

체중은 살이 쪘는지 아닌지 점검하는 기준이 아니라, 내 몸의 상태를 판단하는 척도이자 하나의 신호임을 잊지 말자. 체중은 우리에게 항상 힌트를 주고 있다.

내게 최적화된 운동 목표를 세우는 일

많은 사람들이 내게 묻는다. 어떻게 매번 과감한 결정을 하고 불도저처럼 추진할 수 있느냐고. 타고난 성격도 있고, 운과 우연도 무시할 수 없겠지만, 나는 무엇보다 '나에 대한 정보력이 좋아서'라고 답하고 싶다.

그저 흐르는 대로 살 수도 있었다. 대회 준비를 하지 않았다면 필라테스 강사로서 계속 일했을 것이고, 소속사와의 이해관계가 정리되지 않았다면 방송 활동에 매진했을지도 모른다. 하지만 나는 계속 '나'라는 사람에 대해 고민했다. 내가 무엇을 원하는지, 나에게 맞는 일이 무엇인지, 나는 어떤 사람이 되고 싶은지, 주체적인 삶을 살기 위해 어떤 목표를 세워야 하는지, 그 결과 운동이라는 한결 같은 길 안에서 내 영역을 개척하고 넓혀

나갈 수 있었다.

무슨 일이나 그렇지만 운동을 하는 데 있어서도 '나를 아는 것'은 정말 중요하다. 나는 왜 운동을 하려고 하는가? 운동으로 얻고자 하는 게 무엇인가? 아는 것과 모르는 것의 차이는 무척 크다.

왜 운동하는가
: 목표 찾기

신년이 되면 누구나 올해의 목표를 세우는데, 그중 '운동, 다이어트'는 언제나 상위에 자리한다. 전국 헬스장의 1월 매출만 봐도 온 국민들의 운동 열정을 짐작할 수 있다. 헬스장, 필라테스 센터에 등록을 하고, 홈트 도구를 장만하고, 운동 어플을 설치하는 등 저마다 비장한 각오로 운동의 시작을 준비한다.

그렇게 다들 열심히 운동을 해나가다 이내 열정이 식어버리는 시기를 맞이한다. 다시 여름, 그리고 겨울을 지나 새해가 온다. 이렇게 우리들의 새해다짐은 매년 쳇바퀴 돌아가듯 돌고 또 돈다.

비단 운동에만 해당되는 이야기는 아니다. 2020년 한 취업 사이트에서 성인남녀 1,004명을 대상으로 설문조사를 한 결과, 새해 계획을 꾸준히 실천하고 있다는 사람은 28.8퍼센트뿐이었다. 한 달 이상 지켰다고 답한 사람은 절반도 되지 않았다. 70퍼센트 이상은 한 달도 못하고 포기한 셈이다. 그렇다면 남들은 한 달 하기도 어려운 일을 한 해 동안 꾸준히 해낸 사람들의 비결은 과연 무엇일까? 애초에 강한 의지력이나 끈기를 가지고 있는 걸까?

어떤 사람들은 그런 성격도 타고나는 것이라고 말한다. 그 말도 일리가 있지만, 나는 그렇게 결론짓고 싶진 않다. 어떤 성격을 가진 사람이든 운동을 통해 건강과 행복을 얻을 수 있다. 운동을 하는 내내 동기부여가 된다면 충분히 가능한 일이다.

"저 정말 살 뺄 거예요." "오늘부터 운동 시작합니다." 이렇게 선포하는 사람 중 상당수가 시간이 지나면 유야무야 포기한다. '운동을 하겠다'라는 생각만 머릿속에 가득할 뿐, 그 이유와 목표가 너무 막연한 탓이다.

운동의 목표는 굉장히 중요하다. 어떤 사람은 멋진 몸을 만들기 위해 운동을 한다. 어떤 사람은 체중을 줄이려고, 어떤 사람은 체력을 키우려고 운동한다. 식욕을 찾기 위해 운동하는 사람도 있다. 그밖에 자세가 너무 안 좋아서, 관련 자격증을 따고 싶어서 등 이유는 무궁무진하다. 꼭 한 가지 이유만으로 운동하는 것은 아니다. 그래도 내가 가장 우선하는 게 무엇인지는 한번쯤 진지하게 생각해보는 것이 좋다.

나는 왜 운동을 하려고 할까?

☐ 만성 피로에서 벗어나고 싶어서

☐ 근육량을 늘리고 싶어서

☐ 유연성을 증가시키고 싶어서

☐ 체중 감량을 하고 싶어서

☐ 마음의 안정을 얻고 싶어서

☐ 스트레스를 해소하고 싶어서

☐ 여가 시간을 의미 있게 보내고 싶어서

☐ 활동량이 너무 적어서

☐ 혈당 수치를 관리하고 싶어서

☐ 건강해지고 싶어서

어떻게 운동할 것인가
: 목표 구체화하기

운동의 목표를 찾으면 어떤 운동을 해야 할지 감이 잡힌다. 자세가 불균형해서 이를 바로잡아야 하는데 무작정 중량운동부터 해서도 안 되고, 강사 자격증을 따야 한다면서 아침저녁으로 스트레칭만 할 수도 없는 노릇이다.

'이상적인 몸' 또한 기준과 개인의 취향에 따라 다르다. 근육질 몸매를 원하는지, 슬림탄탄한 몸매를 원하는지 등 원하는 몸매에 따라 해야 할 운동이 달라진다.

지금까지는 그냥 '살을 빼겠다'라고 생각했다면, 이번에는 '언제까지 몇 킬로그램을 빼고 싶은지' 정해 보는 건 어떨까. 건강에 무리가 가는 목표는 아닌지, 지키기 힘든 허황된 목표는 아닌지, 현실성도 점검해야 한다.

목표 달성 시기를 나눠보는 것도 좋다. 장기적인 목표는 필요하지만, 너무 먼 목표를 향해 가다 보면 지치기 쉽다. 예를 들어 6개월에 10킬로그램 감량보다는 1~3월까지 한 달에 2킬로그램씩 감량으로 목표를 정하면 달성할 때마다 성취감을 느끼고 계속 운동을 해나갈 수 있는 힘을 얻게 된다.

목표를 구체화 한 뒤 운동 계획 세우기

예시1)

살을 빼고 싶다 → 체지방률이 높아서 비만에 속한다 → 두 달 안에 체지방률을 정상 범위로 만들고 싶다 → 유산소운동과 근력운동을 병행해야겠다 → 나는 운동 방법을 전혀 모른다 → 나는 일정한 시간에 퇴근한다 → 주 3회 퇴근 후 PT를 받겠다

예시2)

건강해지고 싶다 → 질 좋은 수면을 취하고 아침에 쌩쌩하게 일어나고 싶다 → 규칙적인 생활습관을 가져야겠다 → 기상시간, 취침시간을 일정하게 맞춰야겠다 → 이왕이면 식사시간도 규칙적으로 해야겠다 → 나는 운동을 다닐 시간이 없다 → 매일 저녁 스쿼트 10분, 잠자리 스트레칭 10분을 하겠다

나는 어떤 사람인가
: 운동 스타일 파악하기

목표를 구체화하면 이제 스스로를 파악해야 할 차례다. 운동을 해본 적이 있는지, 시간은 얼마나 낼 수 있는지 생각해보자. 운동을 해본 적이 없다면 처음에는 난이도가 높지 않은 운동을 선택하는 게 좋다. 운동 빈도와 시간도 서서히 늘려야 한다.

스쿼트에 대한 기초가 없는 상태에서 무작정 매일 스쿼트를 100개씩 한다고 좋을 리 없다. 일단 정확한 자세를 습득해야 하고, 그 후에는 주 2~3회 스쿼트 50개씩을 해나간다. 그렇게 습관이 되면 매일 스쿼트 50개, 100개씩 할 수 있는 꾸준함과 체력이 생길 것이다.

자신의 성향을 고려하는 것도 중요하다. 내성적인 사람이라면 학원이나 센터에 등록하는 것보다 홈트 혹은 일대일 레슨이 잘 맞을 수 있다. 반면 다른 사람과 함께해야 더 많은 에너지를 얻는 성향도 있다. 운동 장소나 방식은 생활 패턴에 따라 달라지기도 한다. 자주 야근을 하거나 교대 근무를 하는 경우, 오후 출근을 하는 경우 등 상황에 맞춰 계획을 짜야 한다.

목표는 언제나 분명하고 구체적일수록 달성하기 쉽다. 내가 운동에 악착같이 매달릴 수 있었던 것 또한 확실한 목표가 있어서였다.

운동이 내게 가져다 준 것

나는 늘 체대 입학, 재활, 필라테스 강사 자격증 취득, 피트니스 대회 출전 등 가까운 목표를 바라보며 운동했다. 다행히 나는 운동이 좋았다. 운동하는 내가 좋았고, 운동 할 때 가장 행복했다. 운동으로 인해 많은 것을 얻기도 했지만, 무엇보다 운동을 함으로써 받는 몸과 마음의 에너지가 더 위대했다.

운동이 아니었다면 나는 지금처럼 건강하게 살 수 없었을 것이다. 어릴 때 그랬듯이 밥 먹듯 병원을 들락거렸을지도 모른다. 열아홉 살에 운동을 시작해서 나는 한 해, 또 한 해 계단을 올라가듯 건강한 몸을 만들어왔다. 크고 작은 사고로 뒷걸음질 치거나 비틀거린 적은 있지만, 좌절하지 않고 다시 계단을 올랐다. 여전히 나는 계단을 오르고 있다.

인간은 만 24세부터 노화(老化, 인간이 태어나서 일정 기간 성장한 후 나이가 들어감에 따라 신체적, 인지적으로 쇠퇴하여 죽음에 이르는 과정)가 시작된다. 우리는 누구나 늙는다. 나 역시 한 해 한 해 몸의 변화를 느낀다.

그럼에도 불구하고 당당하게 말할 수 있는 사실은 '지금'이 내 평생 가장 건강한 상태라는 점이다. 언제나 나는 지금 가장 건강한 상태를 유지하려고 노력할 것이다.

신체적인 기능은 어떨지 몰라도, 신체에 대한 내 노하우는 계속해서 쌓이고 있다. 어떻게 해야 내 몸의 상태를 알아차리고 그 상태에 맞춰 운동하면서 가장 좋은 컨디션을 유지할 수 있는지를 나는 너무나 잘 안다. 그렇기 때문에 지금 가장 건강하다고 자신하는 것이다. 내가 지금도 오르고 있는 이 계단을 언제까지 올라갈 수 있을지는 모르겠지만 아직 정상에 도달했다고 생각해본 적은 없다.

운동하는 사람으로서 지금 나의 목표는 이전과 조금 다르다. 다르다기보다는 넓어졌다고 하는 게 맞겠다. 운동의 기쁨을 더 많은 사람들에게 알리고 싶다는 목표가 생겼다. 책임감도 점점 더 강해지고 있다.

유튜브를 시작한 초기에는 내 영상을 보는 사람들이 점점 늘어날 때마다 마냥 신기하고 감사했다. 구독자가 100만 명이 넘은 지금은 일종의 사명감을 느낀다. 내 영상을 보면서 운동하는 사람들, 운동하면서 몸이 달라졌다는 사람들, 삶을 대하는 마인드까지 바뀌었다는 사람들의 이야기를 들을 때면 그 어느 때보다 행복하다. 그 보람은 나를 움직이는 원동력이다.

함께 건강하고 함께 행복하기, 내 목표는 이제 꿈이 되어가는 중이다.

Part2 매일 스쿼트로
내 몸이 깨어난다

MIRACLE SQUAT ⁺

내 몸을 점검하는 스트레칭

건강에 대한 사람들의 관심도나 태도는 다양하다. 건강을 자신하는 부류가 있고, 반대로 건강을 염려하는 부류가 있으며, 건강에 별로 관심이 없는 부류도 있다. 건강을 자신하는 사람은 자기가 평생 감기 한 번 걸려본 적이 없다는 이유로 건강관리를 소홀히 하는 경우가 많고, 건강을 염려하는 사람들은 평소 지나치게 영양제를 많이 챙겨먹거나 몸에 좋은 음식만 골라 먹는 경우가 많다. 나쁘다고 할 수는 없지만 정도가 지나치면 병원 쇼핑을 하거나 건강염려증에 시달리게 되는 경우도 있어서 주의해야 한다.

하지만 대다수는 건강에 무관심한 부류에 속할 것이다. 정확하게 말하면 무관심하기보다는 건강이 소중하다는 것을 알고는 있지만, 건강할 때 건강을 챙기는 것이 익숙지 않기에 건강관리를 우선순위에 두지 않거나 몸이 아프기 전에는 그 사실을 잊고 지내는 것에 가까울 것이다.

건강하다는 것은 몸과 마음에 특별한 질병이 없는 상태를 말한다. 사람들은 자기 몸에 대해 잘 안다고 생각하지만 실은 그렇지 않다. 운동을 시작한 뒤에야 몸의 이상을 알아차리는 경우가 많다. 목이나 어깨, 허리, 무릎 등 평소 상태가 좋지 않았으나 몰랐던 부분, 혹은 무시하고 있던 문제들이 운동을 시작하고 나서야 드러나기 때문이다.

내 몸을 아는 것이 우선이다

운동 영상에 '이 동작을 할 때 허리가 아픈데 어떻게 해야 하나요?', '이 동작을 할 때 손목이 아픈데 맞게 하고 있는 건가요?' 등의 통증 관련 질문을 남기는 사람들이 있다.

영상을 통해 운동을 지도하면서 어떻게 하면 자세를 더 정확하게 잡을 수 있는지, 어떻게 하면 더 효율적으로 운동할 수 있는지, 주의해야 사항은 어떤 것들이 있는지 꼼꼼하게 알려주는 편이지만 그 외의 것들은 내가 안내해주는 데 한계가 있다. 특히 평소에 허리가 약한 사람은 운동을 하다가 허리가 더 약해지거나 오히려 부상이 생기는 경우도 있기 때문에 각별히 주의해야 한다.

운동은 '불편하거나 아픈 곳이 없는 상태'에서 하는 것이 가장 이상적이며, 운동 시 어딘가에 통증이 생기거나 불편한 느낌이 있다면 자세가 잘못되었거나 문제가 생긴 것일 수 있다. 병원에 내원해서 통증 부위에 대한 진단을 받아보길 권한다.

아픈 곳이 없어도 정기적인 검진은 필요하다. 치과, 산부인과는 최소 3~6개월마다 정기검진을 받으면 좋다. 종합검진도 건강에 문제가 없다면 2년에 한 번은 받길 추천한다. 건강한 상태라며 스스로 단정 짓고 건강검진을 소홀히 하다가 아픈 곳이 생겨 치료를 시작하려고 하면 오히려 더 많은 비용과 시간이 들기 때문이다.

정신건강을 챙기는 일도 아주 중요하다. 최근 신경정신과를 찾는 사람이 점점 늘고 있고, 정신건강을 관리하는 것에 대한 인식도 조금씩 나아지고 있다. 정신과에 방문하는 사람을 이상한 사람마냥 취급하던 시대는 지났다. 아무리 바쁜 삶을 살고 있다 하더라도 정기적으로 병원에 내원해서 건강상태를 점검하는 습관을 들이는 건 어떨까?

컨디션 레벨 관리법

나는 주기적으로 치과에 가고, 산부인과에 간다. 온오프라인으로 많은 사람을 상대하고 있는 만큼 몸과 마음을 건강한 상태로 유지하기 위해 노력한다. 몸과 마음의 상태를 1에서 10까지의 레벨로 나눈다고 한다면, 나는 적어도 늘 5와 6 사이에 머물기 위해 애쓴다. 매일같이 최상의 상태를 유지하고자 욕심내진 않는다는 말이다. 늘 10에 머물기 위해 욕심을 내다보면 도리어 지쳐서 중간 밑으로 떨어질 수 있음을 알기에(실은 욕심을 내다 탈이 난 적이 몇 번 있다.), 틈틈이 몸과 마음의 컨디션을 들여다보고 조절할 수 있는 만큼만 관리하는 편이다. 오랜 시간 운동을 해오고 몸과 마음에 집중한 경험들이 조금씩 쌓이다보니 나도 모르는 사이에 습관이 되어버렸다.

만약 몸과 마음이 평소 같지 않다 싶으면 무엇을 해야 할 지를 먼저 생각해보자. 그런 다음 운동이든 휴식이든 내 몸과 마음이 가장 필요로 하는 것을 한다. 제때 조치를 취하지 않으면 건강 레벨은 금세 3으로, 2로 떨어질 수 있다. 만약 0 아래로 떨어진다면 컨디션을 다시 적정 레벨로 끌어올리기는 무척 힘들 것이다.

그런데 컨디션이 0으로 떨어질 때까지 스스로를 방치하는 사람들이 정말 많다. 그들은 몸과 마음이 점점 약해지는데 눈치 채지 못하거나, 눈치를 챘음에도 어떤 조치를 취하지 않는다. 귀찮아서, 시간이 없어서, 괜찮아지겠지 싶어서 그냥 놔두는 것이다. 보통은 몸과 마음이 마이너스 상태가 되어야, 즉 겉으로 문제가 드러나 눈에 보일 만큼 심각해져야 비로소 발등에 떨어진 불을 끄려고 한다. 하지만 0에서 1로 끌어올리는 일은 4에서 5로 끌어올리는 것과 비교하면 훨씬 어렵다.

지금 아픈 곳이 없다면 이때가 정말 기회다. 다른 데 신경 쓰지 않고 그저 운동만하기에 딱 좋은 타이밍이다. 건강은 건강할 때 지켜야 한다는 것은 틀린 말이 아니다.

"어쩜 그렇게 컨디션 관리를 잘하세요?"라고 물으면 나는 항상 같은 대답을 한다. 내 몸과 마음이 주는 신호에 예민하게 반응하면 된다고 말이다. 운동을 할 때도 마찬가지다. 똑같은 동작을 한다고 해서 다 같은 운동인 것은 아니다. 움직이지 않는 것보다 나을 수는 있겠지만, 운동을 하는 동안 어디에 집중하는지에 따라 그 결과는 다를 수 있다.

하루에 1만 보를 걷는다고 가정해보자. 아무 생각 없이 터벅터벅 걷는 사람은 걷기만으로 자신의 몸을 자각할 수 없다. 이와 같은 무의식 형태의 '걷기'는 운동보다는 단순한 몸의 움직임 정도로 표현하는 것이 더 맞다. 하지만 운동화를 갖춰 신고 내 몸의 자세, 팔과 다리의 움직임, 복부와 엉덩이에 들어가는 힘, 호흡에 집중하며 걸으면 그 '걷기'는 엄청나게 좋은 운동이 된다.

노동과 운동의 차이는 여기에서 발생한다. 노동은 생산성에 초점을 둔 움직임으로 반복적인 동작을 시행하지만 운동은 학습에 초점을 둔 움직임이다. 목적이 다르기 때문에 노동과 운동을 지속했을 때 나타나는 결과는 아주 다르다.

운동은 자신에게 맞는 적절한 시간 동안 바른 자세로 관절과 근육을 고루 사용하며 스트레스를 해소하는 활동이기에 운동은 운동답게 해야 한다. 내 몸에 집중해서 '인지'하고 '자각'하는 것이 무엇보다 중요하다.

스트레칭이 다했다

나는 항상 스트레칭을 꼼꼼하게 한다. 스트레칭으로 하루를 열고 닫는다고 해도 과언이 아니다. 스케줄이 너무 많아서 운동을 건너 뛴 날에도 스트레칭만은 빠뜨리지 않는다. 짧은 스트레칭만으로 내 하루가 달라질 수 있고, 수면의 질이 달라질 수도 있기 때문이다.

가만히 누워서 한쪽 다리를 구부린 다음 가슴 쪽으로 당겨 두 팔로 안고 잠시 있어보자. 이때 목과 어깨가 긴장되는지, 고관절이 뻐근한지, 또는 허리가 편안한 지를 집중해서 느껴본다. 만일 어느 한 군데가 불편하다면 그 부분은 내가 더 자주 들여다보고 돌봐야 한다.

유튜브에 '스트레칭'을 검색해보면 정말 많은 스트레칭 영상이 나오기 때문에 굳이 내 영상만 보라고 추천하지는 않겠다(하지만《힙으뜸》채널에도 아주 많은 스트레칭 영상이 있긴 하다! 하하). 무엇이든 좋으니 본인이 따라하고 싶은 영상을 찾아 짧게는 5분, 길게는 10분 이상 스트레칭을 해보자.

스트레칭을 하는 동안만큼은 내 몸에 집중하자. 스트레칭 부위의 자극은 어떤지, 기분은 어떤지를 끊임없이 생각해보자. 그동안 아무생각 없이 스트레칭을 해왔다면 이제 의식적인 스트레칭을 시작할 때다.

'나는 저 사람에 비해 가동범위가 덜 나오는구나', '나는 이 동작을 할 때 시원한 느낌이 드는 구나', '내 유연성은 이만큼이구나' 하는 식으로 내 몸을 인지하는 과정이 첫 단계다. 매일 꾸준히 스트레칭을 하다 보면 몸의 변화도, 기분의 변화도 조금씩 느낄 수 있다. 전날보다 가동범위가 더 잘 나오는 부위도 있을 거고, 오늘따라 힘든 동작도 있을 거고, 시간이 지남에 따라 조금씩 유연해지는 부위도 있을 것이다.

처음에는 아픈 부위에만 신경을 쓰게 되지만, 시간이 지날수록 통증은 시원함으로 바뀌어 가고 몸이 개운해지는 것을 느낄 수 있다. 아무런 느낌도 없었던 부분도 점점 인지하게 된다. 호흡만으로도 몸의 긴장, 이완을 느낄 수 있게 된다.

스쿼트가 내게 알려준 것

    많은 사람들은 내 몸이 완벽할 거라고 믿는다. 하지만 내 몸은 사실 완벽과는 거리가 멀다. 미세한 척추측만, 척추와 골반의 회전으로 인해 좌우가 불균형한데다가 목부터 꼬리뼈까지 일자이고, 목은 역 C자 커브를 그린다. 오른쪽 골반은 살짝 위로 올라가 있고, 앞으로 돌아가있기도 하다. 왼쪽 골반은 그 반대쪽으로 회전과 치우침이 있다. 척추는 제 기능을 못할 때가 많은데, 주변 인대와 근육이 간신히 버텨주고 있다. 모두 과거 교통사고로 인해 생겨난 증상들이다. 하지만 과거를 탓하고 부정하는 일은 일찌감치 관뒀다.

    사고를 계기로 나는 누구나 예상치 못한 순간에 죽을 수도 있다는 사실을 깨달았고, 그때부터 내 삶을 대하는 마음가짐이 달라졌다. '죽고 싶지 않다'라는 막연한 바람보다는, '언제 죽어도 아깝지 않을 만큼 만족스러운 삶을 살고 싶다'라는 굳은 의지를 품게 되었다.

현재 나는 아주 만족스러운 삶을 살고 있다. 몸과 마음, 육체와 정신의 상태가 '건강'하기 때문이다. 건강할 때 뿜어져 나오는 에너지가 온몸으로 느껴진다. 이 상태를 계속해서 유지하고 싶은 마음이 너무나도 간절할 따름이다.

내가 유독 '스쿼트'를 중시하는 이유가 바로 여기에 있다.

스쿼트로 몸의 감각을 깨운다

스쿼트는 나의 몸 상태를 가장 잘 알아차릴 수 있는 운동이다. 누군가에게 스쿼트는 그저 한 번 앉았다가 일어나는 동작일 뿐이지만 나는 익숙한 그 동작을 수행하면서 내 몸 구석구석을 체크한다. 왼쪽 발바닥과 오른쪽 발바닥이 땅을 미는 힘, 왼쪽 다리와 오른쪽 다리에 실리는 무게, 비뚤어진 척추와 근육이 움직이는 느낌, 그리고 호흡량을 디테일하게 관찰한다. 또 어제의 몸과 오늘의 몸이 어디가 다른지, 아침의 몸과 저녁의 몸이 어떻게 다른지를 살핀다.

내게 스쿼트는 단지 튼튼한 하체나 예쁜 엉덩이만을 위한 운동이 아니다. 지금 내 몸의 상태를 확인하고 가장 좋은 상태를 유지하며, 더 좋은 상태를 만들어가기 위한 과정이다. 건강을 위한 습관이자 만족스러운 삶을 위한 의식과도 같다. 나는 그런 마음으로 스쿼트를 하고, 또 권한다. 건강한 나를 위해, 그리고 건강하길 간절히 바라는 사람들을 위해.

스쿼트는 전신을 다 쓰는 운동이기 때문에 동작을 수행하다 보면 예상치 못했던 아픈 부위들이 발견되기도 한다. 가장 빈번하게 발생되는 통증 부위는 허리와 무릎이다. 허리가 약한 사람은 병원에 내원해서 허리의 건강상태를 점검해 본 다음(운동을 해도 좋은 상태인지, 치료를 받아야 하는 상태인지 알려줄 것이다.) 운동을 시작하는 것이 좋다. 기초가 부족해서 생기는 통증이라면 속근육을 사용하는 코어 강화 운동을 보강해주면 통증이 금세 줄어들 것이다. 또한 스쿼트를 할 때는 의식적으로 코어근육을 사용하면서 수행해야 한다.

무엇보다도 나는 스쿼트 습관이 잡히기 전에 스트레칭 습관부터 들이라고 이야기한다. 스트레칭은 그것 자체만으로도 좋지만, 다른 운동을 시작하기 전 몸을 살피고 정돈하는 과정으로도 아주 훌륭하기 때문이다. 스쿼트로 인해 발생할 지도 모르는 부상을 미연에 방지해주기도 한다.

특별한 경우를 제외하면 우리는 몸도 마음도 아프지 않은 순수한 상태로 태어난다. 뼈와 근육, 관절, 인대 등 모든 것이 멀쩡한 상태로 말이다. 그러나 나이가 들어감에 따라 안 좋은 자세와 잘못된 습관, 사고나 질병 등이 누적되면서 아픈 곳이 생긴다. 양쪽 어깨 높이가 달라지고 척추가 틀어지며 골반 대칭이 무너진다. 인대가 늘어나거나 디스크가 생기기도 한다. 그런 의미에서 본다면, 건강이란 '완벽'이 아닌 '회복'에 있는 것인지도 모른다.

개인 레슨에 들어가기 전이면 언제나 회원에게 "혹시 불편한 곳 있으세요?" 하고 묻는다. 레슨을 시작한 지 얼마 되지 않은 회원들은 대부분의 경우 불편한 곳이 없다고 대답한다. 하지만 막상 수업을 진행하다 보면 여기저기 불편한 곳과 아픈 곳이 발견되는 경우가 많다.

이렇게 대부분의 사람들은 평소 몸에 대한 자각이 예민하지 않기에 운동을 통해 몸에 대한 감각을 조금씩 깨워야 한다. 크게 걱정할 필요는 없다. 이것은 지극히 정상적인 '시작'의 모습이기 때문이다. 그것이 바로 인지이고, 회복의 첫걸음이다.

왜 스쿼트냐고 묻는다면

우리는 일상에서 알게 모르게 계속 스쿼트 자세를 취한다. 의자에 앉거나 일어설 때의 동작이 그렇다. 걸음마가 익숙하지 않은 돌 전후 아기들은 엉거주춤 자세로 끙 하고 일어서는가 하면, 엉덩이를 뒤로 빼면서 조심스레 앉기도 한다. 우리가 알고 있는 스쿼트 자세와 비슷한 형상이다. 물론 아기들이 취하는 스쿼트 자세와 성인들이 운동 목적을 갖고 취하는 스쿼트는 근육, 관절의 동원력과 구조의 발달, 에너지 효율성을 두고 보면 분명 차이가 있다.

하지만 누구나 그런 과정을 거쳐 일어서고, 걷게 되었으니 어떻게 보면 스쿼트는 누구나 할 수 있는 운동이 아닐까? 또 운동의 효과를 생각해본다면 가장 쉽게 시도할 수 있는 운동이 아닐까 생각한다.

스쿼트의 힘은 그저 접근성이나 효율성, 동작의 단순함에 있지 않다. 나는 항상 스쿼트를 전신운동이라고 소개한다. 머리부터 발끝까지 신경 쓸 곳이 많기 때문이다. 한편 스쿼트를 하는 사람이 스쿼트를 복잡하게 생각하지 않으면 스쿼트는 단순한 운동이 되기도 한다. 재미있지 않은가?

스쿼트 기본기

일단 자리에서 일어나 바르게 서보자. 두 발 사이의 간격은 편안한 정도로 벌린다. 지면을 딛고 있는 발의 느낌, 발바닥 전체에 힘이 골고루 실리는지 아닌지, 지면과 맞닿은 발바닥부터 뒤꿈치, 무릎, 허벅지, 고관절, 척추라인을 따라 긴장이 실리거나 불편한 곳은 없는지, 몸통에는 안정감이 느껴지는지 등을 찬찬히 느껴본다.

자, 이제 호흡을 시작해보자. 들이마시는 숨에 몸 구석구석 공기가 차오르고, 내쉬는 숨에는 조금씩 공기가 빠져나간다. 숨을 들이마시고 내쉬는 동안 몸에 쌓인 긴장도 함께 풀어내본다. 머리와 목, 어깨, 등, 허리, 배, 골반, 엉덩이까지 긴장된 부분은 없는지 살피면서 혹시 뻐근하게 느껴지는 곳이 있다면 제자리걸음을 걷거나 해당 부위를 조금씩 움직여본다. 이렇게 호흡만 집중해도 몸이 한결 가벼워지고 자세가 바르고 곧아지는 느낌이 든다.

이제 손을 천천히 올려 가슴 앞에 합장해보자. 그리고 뒤에 의자가 있다고 상상하며 고관절을 접어 엉덩이를 내린다. 그러는 동안에도 내 몸이 어떤 모습인지 끊임없이 생각해야 한다. 상체가 앞으로 쏠리지는 않았는지, 엉덩이만 빼거나 무릎만 구부린 것은 아닌지를 생각하며 앉는다.

일어날 때도 마찬가지다. 동작의 연결, 고관절과 무릎의 움직임, 복부와 엉덩이, 허벅지에 들어가는 힘을 찬찬히 느껴본다. 완전히 일어서서 동작을 마무리할 때까지 그 느낌을 놓쳐선 안 된다. 호흡을 따라 움직이다 보면 몸과 마음의 상태를 동시에 체크할 수 있다.

이렇게 집중해서 바른 자세로 스쿼트를 하고 나면, 단 1개만으로도 몸이 제법 단단해지고 개운해짐을 느낄 수 있다. 목이 길어지고, 어깨가 펴지고, 등이 곧아지고, 엉덩이가 올라가는 느낌이랄까. 흐트러져 있던 뼈대가 가지런히 늘어서고, 바람 빠진 풍선 같았던 근육에 기운이 훅 들어가는 것 같다. 따라서 10번의 스쿼트만으로도 바른 자세가 된다는 말은 결코 허언이 아니다. 디즈니 만화 〈코코〉에 나오는 해골들처럼 헝클어진 몸을 착착 재조립하는 기분이랄까.

스쿼트를 꾸준히 하면 하지근육과 코어근육에 힘이 들어가면서 기운이 생긴다. 축 처져 있던 몸과 마음에 활력과 생기가 돌고, 발걸음은 물론이거니와 목소리까지 경쾌해진다. 자신감은 덤이다.

나는 유튜브 채널을 개설하고 〈스쿼트 챌린지〉 영상을 통해 누구나 집에서 스쿼트를 시도할 수 있도록 도왔다. 업로드한 스쿼트 챌린지 영상만 몇 개인지 모르겠다. 스쿼트 동작이 포함된 운동 영상만 해도 수십 가지 이상이다. 이젠 스쿼트에 대한 질문보다 꾸준한 스쿼트 챌린지를 통해 얻은 결과를 후기로 공유하는 구독자들이 더 많아졌다. 지금 이 책을 읽고 있는 당신도 할 수 있다.

스쿼트를 하면 좋은 점은 너무나 많다. 피로감이 줄고 결리거나 뻐근한 부위의 통증이 완화된다. 몸이 아프지 않으면 마음 또한 편안해질 수밖에 없다. 신체적으로나 정신적으로나 여유가 생기기 때문에 그 에너지를 다른 곳에 사용할 수도 있다. 적극적이고 진취적인 사고와 행동으로 일상 또한 발전적인 방향으로 나아가게 된다.

그러니 힘들어서 오늘만 운동을 쉬는 하루가 이틀, 일 년, 평생으로 이어져 고갈이 나버린 체력으로 매일을 살아야 하는, 이 고통의 악순환을 끊어내고 어서 빨리 선순환 열차에 탑승해보길 바란다.

스쿼트는 생각보다 쉽다

사실 스쿼트가 아니라도 운동은 대부분 좋은 결과를 가져다 준다. 하지만 그중에서도 굳이 스쿼트를 하고, 또 권하는 이유는 스쿼트를 통해 다양한 효과를 얻을 수 있기 때문이다.

평소 운동에 거부감을 느끼는 사람이 생각보다 많다. 일부러 시간을 내야 할 것 같아서, 돈을 들여야 할 것 같아서 망설이는 사람도 있고, 운동 방법을 모르겠어서, 또는 움직이는 것 자체가 귀찮아서 시작할 엄두를 못 내는 사람도 있다.

하지만 스쿼트는 시간을 많이 할애할 필요가 없고, 돈을 들일 필요도 없다. 동작이 어렵지 않으며, 격하게 움직이는 것도 아니라서 다른 운동에 비해 초기 스트레스가 적은 편이다. 어디에서든 잠깐만 시간을 내면 내 자신을 가다듬을 수 있는 운동이다. 특히 스쿼트는 응용 방법만 해도 무궁무진하기에 기본적인 자세만 정확하게 익혀두면 누구나 평생 스쿼트를 지루하지 않게 할 수 있다.

스쿼트를 시작하면 생각보다 빠르게 체력이 느는 것을 체감할 수 있다. 자세가 달라지고, 걷는 힘, 달리는 힘, 계단을 오르는 힘이 좋아진다. 겉모습의 변화는 부수적으로 따라온다. 복부 둘레가 감소하고 허벅지와 엉덩이에 탄력이 생긴다. 바디라인이 전체적으로 정리되는 효과를 얻을 수 있다.

운동을 싫어하는 사람에게 스쿼트를 하라고 굳이 강요하고 싶지는 않지만, 한 번쯤은 생각해봤으면 좋겠다. 개운하게 아침을 맞이하고, 퇴근할 무렵에도 녹초가 되지 않으며, 밤이 되어도 지쳐 쓰러지지 않는 체력을 얻고, 활력이 넘치는 하루를 보내고 싶다면 스쿼트를 시작해보는 게 어떨지 말이다.

　스쿼트는 생각보다 쉽고, 생각보다 재밌고, 생각보다 금방 내 것으로 만들 수 있다. 그러니 속는 셈 치고 나를 한 번만 믿어보면 어떨까? 예전에는 스쿼트를 꼭 해보라고 이야기하면 '너나 해'라는 반응이 대부분이었다. 하지만 요즘에는 '그래? 한 번 해볼까' 하고 반응한다. 그만큼 운동의 필요성을 느끼고, 꾸준한 자기관리를 통해 변화를 느끼고 싶어 하는 사람들이 많아진 것이다. 이제 더 이상 나의 스쿼트 전도는 어렵지 않다. 나를 믿고 스쿼트를 시작한 사람들이 내 말에 점차 힘을 실어주고 있다. 믿기 힘들다면 《힙으뜸》 채널에서 스쿼트 챌린지 댓글들을 꼭 살펴보길 바란다. 나의 강요보다 댓글을 남겨준 많은 사람들의 후기가 더 큰 동기부여가 될 테니.

　누구나 할 수 있다. '나도 할 수 있지 않을까?'라는 믿음을 자신에게 부여해보자. 그리고 지금 당장 시도해보자. 스쿼트를! 70대가 되어서도 스쿼트 100개쯤은 거뜬히 해낼 수 있는 슈퍼우먼 할머니가 되기 위해 나는 오늘도 열심히 스쿼트를 한다

하루 10분으로 10년 가는 체력 만들기

무엇이든 매일 한다는 것은 참 쉽지 않은 일이다. 취미도 생업이 되면 마음껏 즐기기 힘든 것처럼 아무리 좋은 운동이어도 날마다 하다 보면 지겹고 지루해지기 십상이다.

스쿼트 강박에서 벗어나기

스쿼트 역시 마찬가지다. 막상 매일 하려고 마음먹으면 숙제처럼 느껴질 수 있다. "저는 공부가 너무 좋으니까 숙제 많이 내주세요!"라고 하는 학생은 극소수다. 대다수의 사람들에게 숙제는 미룰 수만 있다면 미루고 싶은 것이다. 나는 운동을 가르치고 독려하는 사람으로서 어떻게 해야 사람들이 이 숙제를 즐겁게 받아들일 수 있을까 늘 고민한다.

숙제에 거부감이 들지 않으려면 우선 양이 적어야 한다. 숙제의 양이 너무 많으면 '이걸 언제 다 하나' 싶어 한숨부터 나오기 마련이다. 반면 얼마 안 되는 양이면 금방 해치울 수 있을 거란 생각이 들고, 따라서 숙제를 미루지 않게 된다.

30일, 50일, 100일 동안 매일 스쿼트하기 등의 목표를 세우는 것도 좋지만, 우선 일주일만 해보자는 생각으로 시작하는 것이 더 좋다. 준비물도 없고 어려울 것도 없다. 대신 마음은 편하게 먹어야 한다.

매일 하겠다고 마음먹어도 어떤 날은 못할 수도 있다. 문제는 그날을 기점으로 운동을 아예 포기하는 사람이 많다는 것이다. 이미 하루가 지났고 시간은 되돌릴 수 없다. 자책감에 '난 역시 틀렸어'와 같은 태도로 임할 게 아니라 아무렇지 않은 척 다음 날 스쿼트를 하면 된다. 하지만 대다수는 여기에서 '망했다'고 생각하면서 운동을 놓아버린다.

중요한 것은 '매일 하는 것'이 아니라 '계속 하는 것'이다.

반대로 '저는 어제 못 했으니까 오늘 두 배로 할 거예요' 하는 사람도 있다. 의지도 좋고 자세도 좋으나 나는 "꼭 그렇게 하지 않아도 괜찮아요"라고 답하곤 한다. 그렇게 하다 보면 숙제가 쌓이기 때문이다. 숙제가 쌓이면 나조차도 운동하는 것이 싫어진다. 그저 하루쯤은 건너뛰어도 괜찮다고 생각해야 한다. 스쿼트 습관을 기르는 과정에서 하루 정도 스쿼트를 건너뛰었다고 해서 너무 스스로를 압박하지 않았으면 좋겠다. 우리가 밥한 끼 건너뛰었다고, 샤워 한 번 안하고 잤다고, 다음날 밥을 또거르거나 샤워를 또 안하는 일이 없는 것처럼.

하루 10분, 스쿼트를 하자

어떻게 해야 사람들이 조금 더 편하게 스쿼트를 할 수 있을까 고민하던 차에 〈10분 스쿼트〉 영상을 제작했다. 그 영상에서난 스쿼트를 제한 시간 안에 가능한 만큼만 해보자고 제안했다. 제한 시간은 10분, 개수는 상관하지 말고 동작에만 신경 써서영상 속의 나와 함께 스쿼트를 해보는 거다.

단, 10분간 내가 몇 개의 스쿼트를 했는지 세지도 말고, 댓글로 달지도 말라고 당부했다. 결과는 아주 폭발적이었다. 숫자의강박을 버리니 많은 사람들이 진짜 운동에만 집중할 수 있게 되었다. 현재 〈하루 10분 스쿼트〉 영상은 《힙으뜸》 채널에서 조회수 3위를 기록하고 있다.

목표 지향적인 사람은 숫자를 제시해야 의욕을 불태우지만,그와 달리 동기부여가 필요한 사람에게는 해야 할 이유를 제시해줘야 의지가 생긴다. 위에서 끌어올려야 하는 사람이 있고, 밑에서 밀어 올려줘야 하는 사람도 있는 법이다. 이렇듯 성격과 취향, 운동 경력 등 각기 다른 성향을 지닌 사람들에게 보다 다양한 선택지를 주는 것이 나의 일이다.

〈하루 10분 스쿼트〉는 수년 전부터 유행하는 '미라클 모닝'과도 뜻을 함께 한다. 준비물도 없고 누구나 할 수 있다. 단, 생각의 전환이 필요할 뿐이다. 잠시 생각해보길 바란다. 스쿼트를 한 번도 안 해본 사람에게 스쿼트 100개는 막연한 숫자일지 몰라도 하루 10분 정도 시간을 내서 스쿼트를 하는 건 결코 어렵지 않다. 운동할 시간을 따로 내려고 하면 부담감이 크지만 하루 10분 정도는 누구나 낼 수 있는 시간이다. 티끌모아 태산이다.

스쿼트 하루 10분이 쌓여 내 생각, 내 습관, 내 체력의 변화를 이끌어낼 것이다.

2016년에 출간된 『미라클 모닝』의 부제는 '당신의 하루를 바꾸는 기적, 아침 6분이면 충분하다'이다. 이 책의 저자는 아침마다 행하는 짧은 루틴이 하루를 바꾸며, 그렇게 바뀐 하루가 인생을 바꾼다고 주장한다. 『아주 작은 습관의 힘』도 비슷한 이야기를 한다. 사소하고 별것 아닌 일이라도 습관으로 만들어 반복하면 탁월한 성과를 이룰 수 있다는 것이다.

같은 맥락으로 '10분 스쿼트'가 그렇다. 10분이 일주일 동안 쌓이면 70분, 한 달간 쌓이면 300분 가까이 된다. 대단한 일을 한 것도 아닌데, 그 시간이 쌓이면 어느새 몸이 유연해지고, 복부가 단단해지면서 등허리가 곧아지고, 허벅지와 엉덩이근육이 튼튼해진다. 이는 쉽게 무너지지 않는 체력을 쌓는 것과 같다. 하루에 10분만 쓰면 10년 건강을 챙길 수 있으니, 이만큼 값진 투자가 또 있을까?

매일 10분간 스쿼트를 하는 것이 쉬워지면 거기에 한두 가지 습관을 더 추가한다고 해도 딱히 어려울 것이 없다. 습관에 살을 붙이는 것이다.

10분 스쿼트가 끝난 뒤에는 바로 누워서 10분간 스트레칭을 해보자. 스쿼트를 하면서 사용한 근육들이 이완되면서 몸 전체가 편안하고 나른해질 것이다. 나는 그 상태에서 눈을 감고 좋아하는 음악을 들으며 휴식하기를 좋아한다. 그러면 운동 시간이 마치 노동이나 의무가 아니라 나를 위한 선물처럼 느껴진다. 일종의 힐링 모멘트다.

운동을 조금 더 하고 싶은 사람이라면 10분 스쿼트 후 잠시 걷거나 달리기를 하는 것도 괜찮다. 10분 스쿼트와 20분 걷기로 30분 프로그램을 만들 수 있고, 10분 스쿼트와 10분 달리기, 5

분 스트레칭, 5분 명상을 결합하는 방법도 있다. 그렇게 하면 하루 30분을 온전히 나를 위해 쓰게 된다. 다른 사람들은 평생 하나의 습관을 가지기도 어려운데 무려 네 가지 습관을 갖게 되는 셈이다. 독서, 일기 등 무엇을 더해도 좋다. 그 시간들은 신체적으로나 정신적으로나 귀한 재산이 될 것이다.

운동이 스트레스가 되어서는 안 된다. 건강에 좋다고 하니까 어쩔 수 없이 스쿼트를 하기보다는 그 순기능을 계속 떠올리면서 '나를 위해' 한다는 마음을 갖는 게 좋다.

'흘러내리는 엉덩이를 한번 올려볼까?', '내 무기력한 에너지를 좀 끌어올려볼까?'와 같은 막연한 목표나 계획도 좋다. 지금보다 더 괜찮아질 나를 기대하는 마음 자체가 나를 움직이게 하기 때문이다.

노후 대비에 대한 걱정으로 주식과 가상화폐 투자 열풍이 불고 있는 요즘, 무엇보다 우리가 간과하기 쉬운 것은 '건강이 최고의 재산'이라는 사실이다. 건강에 투자하는 것이야말로 가장 중요하다는 사실을 기억했으면 좋겠다. 이 투자에는 머리 아픈 계산도, 두둑한 배짱도 필요 없다. 단지 약간의 시간만 있으면 된다.

하루에 단 10분만!

세수하고 밥 먹듯 스쿼트하라

"도무지 운동할 틈이 안 나요."

워낙 바쁘게 사는 이들이 많은 요즘, 종종 내게 이런 고민을 털어놓는 사람들이 있다. 나는 일부러 운동할 시간을 내기가 만만치 않은 사람들을 위해 고민 끝에 〈10분 스쿼트〉를 제안했던 거다. 내 제안에 많은 사람들이 긍정적으로 반응했지만, 아직까지도 10분의 틈을 내기도 힘들 정도로 전쟁 같은 하루를 보내고 있다는 사람들도 여전히 많다.

그럼에도 불구하고 운동을 계속 할 수 있는 방법이 있다면 운동이 생활이 되도록 하는 것뿐이다. 잘 찾아보면 바쁜 하루 중에도 10분 정도는 자신을 위해 쓸 수 있다. 5분씩 쪼개서 운동을 해도 좋다. 3분, 그것도 안 되면 1분이라도 괜찮다. 중요한 것은 짧은 시간이라도 운동이 내 생활의 일부가 되도록 만드는 노력에 있다.

운동이 즐거워지는 시간

어떤 사람은 일찍 일어나서 운동을 해야 하루를 상쾌하게 시작할 수 있지만, 어떤 사람에게는 30분 더 자는 것이 그날 하루를 잘 보내는 방법이 될 수 있다. 저녁에 운동을 하고 휴식을 취한 뒤 잠을 자야 다음 날 개운하게 일어난다는 사람도 있다.

운동을 습관으로 만드는 데 있어 출퇴근시간, 업무 장소, 생활환경만큼이나 중요하게 고려해야 할 것이 '바이오리듬'이다. 생체리듬에는 육체적 리듬, 지성적 리듬, 감정적 리듬이 있다. 우리의 육체와 사고, 감성 능력은 일정한 주기로 반복된다. 날짜만이 아니라 시간이나 주야에 따라서도 조금씩 변한다. 따라서 자신의 바이오리듬에 걸맞은 가장 적절한 시간대를 찾으면 운동하기 싫은 마음도 덜하고 운동의 효과도 배가 될 것이라는 게 내 생각이다.

운동 초보자의 경우, 저녁 스쿼트가 잘 맞을 수도 있다. 아침에는 몸에 유연성이나 균형 감각이 떨어져 있어 아무래도 부상의 위험이 있다. 이런저런 활동을 하고 난 저녁에는 굳어 있던 몸이 어느 정도 풀려있기 때문에 스쿼트를 하기가 수월하다. 물론 정확한 자세를 숙지하고 있다면 아침에 스쿼트를 한다고 해서 부상을 입거나 무리가 되지는 않는다.

나에게 맞는 시간대를 정한 다음에는 그 시간대 안에서 몇 분의 틈을 낼 수 있는지를 고민해보자. 아침에 눈뜨자마자 스트레칭으로 몸을 가볍게 푼 뒤에 스쿼트를 해도 좋고, 세수하러 화장실에 들어가기 길에, 또는 양치를 하면서도 스쿼트는 가능하다. 아침 샤워 후 5분, 저녁 샤워 전 5분, 이렇게 두 차례 하는 것도 나쁘지 않다.

저녁에는 틈새 시간이 좀 더 많다. 퇴근하고 집에 들어서자마자, 옷을 갈아입기 전이나 갈아입은 직후, TV를 보면서 스쿼트를 하는 것도 괜찮다. 샤워하기 직전에 하는 것도 좋다. 여름이라면 매일 밤 샤워는 필수 코스니까. 땀 흘린 김에 10분만 스쿼트를 하고 샤워를 한다면 한층 더 개운함을 느낄 수 있다. 밤 10시나 되어야 비로소 나를 위한 시간을 낼 수 있게 된다면 그 순간 그대로 소파에 누워 다른 일을 하게 되지 않도록 '스쿼트하기' 알람을 맞춰두는 것도 좋은 방법이다.

나는 이른 시간보다 오후로 갈수록 마음이 차분해지고 몸에도 활기가 도는 편이다. 아침보다는 확실히 오후 시간대가 몸을 쓰기에도 편안하다. 그래서 '틈새 스쿼트'는 주로 오후 스케줄

중간에 하거나 저녁 먹기 전에 한다. 촬영이 있는 날에는 대기 시간에 스쿼트를 하는데, 그 잠깐의 스쿼트가 뭐라고 에너지와 집중력이 한층 높아지는 느낌이 든다.

하지만 나도 날마다 같은 시간, 같은 장소에서 운동을 하는 것은 아니다. 연이은 스케줄에 끼니마저 제대로 챙기기 어려운 날도 있다. 출퇴근이 따로 없다 보니 일하는 시간이나 장소 또한 들쑥날쑥하다. 그래서 바쁜 시기일수록 틈새를 잘 공략하는 편이다.

1분씩 대여섯 번의 틈을 낸다면 어떨까. 아무리 바빠도 하루에 서너 번은 화장실에 가야 한다. 화장실에 들어간 뒤에 혹은 화장실에서 나오기 전에 스쿼트를 10개만 해보는 거다. 엘리베이터를 기다리면서(주변을 의식하는 당신이라면 못 들은 걸로 해주길 바란다.), 좋아하는 드라마를 보면서 스쿼트를 해도 좋다.

운동을 싫어하는 사람들은 의아하겠지만 운동을 좋아하는 사람들은 화장실에 가다가도 벽에 손을 짚고 팔굽혀펴기를 하는가 하면, 방에 들어가면서 가정용 철봉을 붙들고 턱걸이를 하기도 한다. 나도 정말 뜬금없이 아무 때나 스쿼트를 한다. 운동이 일상이 되어버린 것이다.

내 생활에 맞는 스쿼트 틈새 찾기

• 나는 아침형 인간이다 → 아침에 일어나자마자

• 아침에는 늘 분주하다 → 점심시간 또는 퇴근 직후

• 저녁식사를 일정한 시간대에 한다 → 저녁식사 전

• 교대근무를 한다 → 출근 전 또는 퇴근 직후

• 외출을 잘 하지 않는다 → 정해진 시간에 알람을 맞춰두기

• 하루 종일 바쁘다 → 아침 기상 직후 또는 저녁 샤워하기 전

욕심내지 말고 한 개부터 시작하자

'억지로 하는 것'이라고 생각하면 운동뿐 아니라 무엇이든 어렵게 느껴진다. 운동은 '일'이 되면 안 된다. 그렇게 되면 점점 우선순위에서 밀려나고 핑계가 늘어난다. 그럼 '당연히 하는 것'으로 바꿔 생각해보는 건 어떨까? 아침에 세수를 하고 나가는 것처럼, 배고플 때 밥을 먹는 것처럼 '이걸 왜 해야 해?'라는 명분을 찾을 필요 없이 그저 일상의 일부로 들이는 것이다.

'운동도 여유가 있어야 하지. 스쿼트를 할 시간이 어디 있어?'라는 생각이 든다면 너무 거창한 목표를 세우고 있는 것인지도 모른다.

운동 경험이 없는 사람에게 '매일 스쿼트 100개를 하세요'라

고 하면 부담스러울 거다. 그런데 10개는 누구나 할 수 있다. 10개를 성공하면 20개가, 20개를 하면 50개가, 50개를 하면 100개가 가능해진다. 그것도 단기간에 말이다.

배우 차인표 님은 젊은 시절 마른 몸이 싫어 매일 1500개의 팔굽혀펴기를 했다고 한다. 물론 그분도 첫날부터 1500개를 하진 않았을 것이다. 누군가가 대체 무슨 연유로 팔굽혀펴기를 1500개까지 할 수 있게 되었는지 그 비결을 묻자, 그분은 이렇게 대답했다.

"1개부터 하면 돼요."

처음부터 스쿼트 1000개를 하고, 팔굽혀펴기 1500개를 하는 사람은 없다. 그래야 하는 것도 아니며 그래야 할 이유도 없다.

내가 30일 복근 챌린지 영상을 올리면 이런 질문을 하는 분들이 있다. "저도 30일만 하면 언니처럼 되나요?" 그러면 나는 솔직하게 답한다. "저는 운동을 14년 동안 했어요. 14년 동안 노력한 결과를 한 달 만에 얻을 수는 없어요." 나는 사기꾼이 아니다. 누구나 운동의 다양한 효과를 체험할 수는 있지만 운동의 효과가 겉으로 드러나는 기간은 개인차가 크다. 그렇기에 나처럼 13년 넘게 운동을 해야 나와 같은 몸이 된다고 말할 수도 없다.

분명한 것은 운동이란 한 달 만에 원하는 몸을 완성하면 끝나버리는 일종의 방학숙제 같은 것이 아니라는 사실이다. 멋진 복근이나 탄탄한 엉덩이 등 한 부위에 꽂혀서 바짝 운동을 하다가 원하는 결과가 빨리 나오지 않아 실망하고 중도에 그만두는 사람들을 수도 없이 봐왔다. 이번 달만 밥을 먹고 다음 달부터 안 먹을 수 없듯이 운동도 사는 동안 내내 하는 것이다. 아침에 일어나 세수를 하고, 외출 전에 로션을 바르고, 매일 양말을 갈아 신는 것과 같이 매일 반복하는 행위가 되어야 한다.

스쿼트는 어디서나 아무 때나 할 수 있다. 장비도 매트도 필요 없다. 따라서 스쿼트 습관을 만드는 데 있어 가장 필요한 것이 있다면 그것은 의지일 것이다. 시간을 1분이라도 만들어내겠다는 의지, 알람을 맞춰서라도 잊지 않겠다는 의지, 단 한 번이라도 정확한 자세로 스쿼트를 수행하겠다는 의지가 중요하다. 일단 습관이 되고 나면 의지가 약해져도 행동은 계속된다. 그것이 우리가 습관을 만드는 이유다.

스쿼트 1000개의 진짜 의미

나는 운동을 하면서 내가 겪은 변화를 알리고, 다른 사람도 나처럼 몸과 마음이 건강해지기를 바라는 마음으로 이 일을 해 왔다. 내 중심과 기준, 전달하고자 하는 메시지는 언제나 같지 만, 나를 아는 사람이 많아지고 내 말과 행동에 영향을 받는 사 람 또한 늘어나면서 스쿼트 1000개를 해석하는 의미도 다양해 지는 듯했다.

요즘 다이어트나 운동에 강박이 있는 사람이 참 많다. 스쿼트 도 마찬가지다. 나는 유튜브 채널을 개설하고 〈스쿼트의 정석〉 이라는 영상을 가장 먼저 업로드했다. 스쿼트의 기본을 알아야 챌린지를 진행할 수 있으니까. 그 후에 〈스쿼트 100개 챌린지〉

영상을 올렸고, 조금씩 텀을 두고 3년 넘는 시간동안 100개부터 1000개까지 다양한 개수, 다양한 방법의 스쿼트 영상을 올렸다. 하나의 운동 동작을 계속 반복한다는 거 자체가 쉽게 지루해질 수 있기 때문에 여러 챌린지를 통해 재미를 주고 다양한 동작을 경험해볼 수 있게 돕고 싶었다.

하지만 유튜브 영상이 무료로 제공되다 보니 차근차근 개수를 늘려나가는 훈련이 아닌, 단순한 호기심으로 무리하게 스쿼트 1000개에 도전하는 사람들이 우후죽순 등장했다. 정확한 자세가 갖춰지지 않은 초보자가 스쿼트 1000개에 도전할 경우 운동 수행에 대한 성취감보다 엄청난 체력 손실과 부상을 초래할 수 있다. 아주 위험한 시도이다.

이 책을 읽는 독자들은 무작정 스쿼트 개수에 욕심을 내지 않았으면 좋겠다. 습관이 되면 자연스럽게 100개, 200개 스쿼트를 할 수 있게 된다. 습관은 꾸준함을 통해 길러질 거고, 습관이 형성되면서 체력도 스쿼트를 할 수 있는 개수도 함께 늘어날 것이다.

매일 스쿼트 1000개의 진실

내가 처음에 스쿼트 1000개를 했던 이유는 '시간의 효율' 때문이었다. 피트니스 대회를 준비하던 시절, 운동할 시간을 내는 것도 어려웠지만 한정적인 시간 내에 하체운동도 해야 하고 유산소운동도 해야 했기에 시간이 턱없이 부족했다. 실제로 운동할 시간을 확보하려고 대회를 준비하는 내내 수면시간을 줄이기 일쑤였다.

그러던 어느 날 하체운동과 유산소운동 두 마리의 토끼를 잡기 위해 스쿼트 1000개에 도전하게 되었다. 단순히 1000개라는 숫자를 채우기 위한 것은 아니었다. 1000개를 하는 내내 정확한 자세와 속도감을 유지하며 유산소성 시스템으로 끌고 가보기로 했다. 과연 될까 궁금했는데, 해보니까 되는 거다. 러닝머신에서 한 시간 이상 뛴 것처럼 땀이 폭발했고, 덤으로 다리 라인이 예쁘게 정리되는 효과도 봤다.

하지만 이 모든 건 맨몸으로 꾸준하게 200개, 300개, 500개씩 스쿼트를 하며 충분한 체력을 길러둔 상태였기에 가능했다. 이런 사전 체력 없이 무작정 1000개에 도전했다면 결코 제대로 된 효과를 볼 수 없었을 것이다. 스쿼트 1000개를 처음 성공한 이후로 최소 주 1~2회, 하체운동을 하는 날이면 스쿼트 1000개를 병행하기 시작했다.

한 가지 바로잡자면 나는 단 한 번도 '매일' 스쿼트 1000개를 한 적은 없다. 다양한 매체를 통해 꾸준히 스쿼트 1000개를 해오고 있다는 인터뷰 내용이 와전되어, 한때 나는 '매일 스쿼트 1000개를 하는 여자'로 알려졌을 뿐이었다.

다시 한 번 말하지만 나는 매일 스쿼트 1000개를 한 적이 없다. 그렇기에 그 누구에게도 매일 1000개의 스쿼트를 하라고 추천하지 않는다. 스쿼트 1000개를 하려면 최소 35분, 길게는 1시간이 넘는 시간이 필요한데, 매일 이 시간 동안 같은 동작을 수행한다면 운동 효과 측면에서는 매우 비효율적이다. 부상의 위험은 말할 것도 없고.

매일 스쿼트를 하고 싶다면 하루 10분이면 정말로 충분하다. 그러다 가끔 20분, 30분, 그리고 1시간 정도의 시간을 갖고 집중적으로 스쿼트를 한다면 훨씬 더 효율적인 수행 결과를 얻을 수 있다. 관절의 건강을 지킬 수 있는 방법이기도 하다.

요즘 나는 1년에 2~3번 정도 스쿼트 1000개를 한다. 오랜 기간 동안 스쿼트를 해온 나조차도 오랜만에 스쿼트 1000개를 하면 다음 날 심한 근육통에 시달린다. 자칫 잘못하면 컨디션에 무리가 올 수도 있다. 바쁜 스케줄을 소화하면서 컨디션에 무리를 주지 않으려면, 스쿼트 1000개를 작정한 날에는 나름대로 몸과 마음의 준비를 단단히 해두는 편이다.

심으뜸이 스쿼트 1000개 하는 방법

무려 스쿼트 1000개를 같은 동작, 같은 생각으로 하는 건 아주 어려운 일이다. 나는 스쿼트 1000개를 하면 구간을 나누어 마인드 컨트롤을 하는 편인데, 보통 처음 200개 정도는 워밍업

구간이다. 조금 느린 속도로 진행하며 너무 깊게 앉지 않는다. 개수가 쌓이면 몸의 감각들이 깨어나기 시작한다. 뻣뻣하던 관절에 윤활유를 부은 것처럼 몸의 각 부위들이 조금씩 연결되는 느낌이 든다. 이때 호흡을 빼먹어서는 안 된다(모든 운동에서 호흡은 매우 중요하다.). 앉으면서 호흡을 천천히 깊게 뱉고 서면서 호흡을 천천히 깊게 마신다. 호흡과 함께 스쿼트를 할 때 내 몸은 더 빠르게 예열이 되고 땀이 난다. 나의 경우 200개가 지나면 땀이 나기 시작한다.

그렇게 계속해서 스쿼트를 수행하다 보면 어느새 500개 구간에 도달한다. 500개에 다다르면 이미 1000개를 한 것과 같은 성취감이 찾아온다. 지루해질 때쯤 반환점을 돌아 다시 힘이 나는 것과 같은 기분이랄까. 가장 지루한 구간은 600~800개 구간이다. 정말 지루하다. 집중력이 흐트러지기 시작한다. 이 구간에서는 발 보폭이나 팔 모양에 변화를 주곤 한다. 잠시 딴 생각을 한 적도 많다. 800개가 되면 마음이 조금 편안해진다. 900개가 되면 정말 '다 왔다' 하는 생각이 든다. 힘이 불끈 솟는다. 1000개를 달성하면 강철 같던 내 다리도 이내 풀려버리고 만다.

숫자 강박으로부터 자유로워지려면

원래 어떤 목표가 있으면 90퍼센트 지점에서 가장 최고의 효율이 나는 법이다. 내가 얼마만큼 했는지 모른 채로 앉았다가 일어나기를 반복하기만 하면 끝을 알 수 없기에 더욱 막연하고 지치는 기분이 든다. 나 역시 숫자를 세다 지쳐버린 적도 많았다. 한창 스쿼트 1000개에 매진할 때는 숫자를 세다 까먹어서 옆에 종이를 두고 100개마다 시간 체크를 하고 바를 정(正)자를 써가며 스쿼트를 하기도 했다. 이렇게 하면 속도감도 유지되고 결승선이 더 잘 보이는 기분이 들었다.

보통 100개의 스쿼트를 한다고 하면 사람들은 머릿속에서 계산을 한다. '100개를 언제 다 하나'라는 마음으로 시작했다가 절반 즈음에서 힘을 얻고 90개가 되면 더 신나게 스쿼트를 한다. 그리고 목표했던 100개를 채우면 기뻐한다. 그런데 이 과정에서 분명 누군가는 숫자 강박에 시달리기도 한다.

내가 강조하고 싶은 건 개수보다 바른 자세, 내 몸을 살피는 집중력이다. 자신도 모르는 사이 개수에 집착하는 스스로를 발견한다면 과감히 멈추고, 10분 스쿼트를 하길 바란다. 10분 동안 개수는 몇 개를 해도 상관없다.

슬로우버피 챌린지

슬로우버피의 탄생일화가 있다. 평소 버피테스트라고는 거의 해본 적이 없던 나는 호기롭게 새로운 전신운동 챌린지로 슬로우버피 컨텐츠를 기획했다. 버피테스트의 층간소음 없는 버전으로 점프동작 대신 한 다리씩 뒤로 보낸 뒤 다시 가져와서 스쿼트 자세를 취한 다음 마무리하는 것으로 슬로우버피 동작을 구성했다. 다른 컨텐츠 촬영을 마치고 남은 시간에 급하게 기획한 영상이었다.

내가 먼저 호기롭게 "슬로우버피 100개만 해볼까?"라고 말했고, 이를 지켜보고 있던 남편은 속으로 '버피가 절대 쉬운 운동이 아닌데, 할 수 있을까?' 하고 걱정을 했다고 한다. 아니나 다를까 슬로우버피 20개를 넘어서면서 내 표정과 움직임은 예사롭지 않았다(솔직히 고백하자면 10개부터 정말 힘들었다.). 그때부터 100개는 무리라는 판단이 섰다. 그럼에도 꾹 참고 젖 먹던 힘까지 짜내 50개까지 이어갔다. "아, 못해, 못해!!!" 결국 절규하며 갑작스럽게 영상을 끝냈는데, 이 영상은 의외로 폭발적인 반응을 얻었다.

지금까지도 이 〈슬로우버피 챌린지〉 영상은 〈스쿼트 챌린지〉 못지 않은 사랑을 받고 있다. 슬로우버피 컨텐츠 조회 수만 합해도 500만 뷰가 훌쩍 넘을 정도다. 그때부터 나 또한 슬로우버피 체력을 조금씩 길러 100개, 200개, 그리고 고강도 버전까지 추가해 다양한 버전의 〈슬로우버피 챌린지〉 컨텐츠를 만들었다. 언젠가 300개, 400개 챌린지에 도전하겠다고 마음먹고 있다.

변화는 아주 사소한 지점에서 일어난다

매일 같은 자세, 속도, 횟수를 유지하면서 스쿼트 챌린지, 슬로우버피 챌린지를 하라고 하면 나조차도 지루해 얼마 못가 관둘지 모른다. 특히 운동은 한 가지만을 반복하며 지속해나가는 것이 정말 어렵다.

그래서 나는 동작에 조금씩 변화를 주는 방법을 택했다. 내가 제작한 챌린지 영상에서 나는 같지만 다른, 다르지만 같은 컨텐츠를 제공하고자 한다. '큰 틀 안에서 작은 변화주기' 그것이 내가 생각하는 루틴의 핵심이다.

변화는 분명 사소한 것이어야 한다. 이는 오늘 처음으로 스쿼트 10개를 한 사람에게 바로 다음 날 변형 동작으로 10개를 하라는 것이 아니다. 스쿼트 10개 정도는 자세가 흐뜨러지지 않으며 거뜬히 수행하는 것이 익숙해질 무렵, 즉 변화가 필요하다는 생각이 드는 순간 아주 약간만 변화를 주라는 것이다.

같은 동작을 하되 호흡에 신경을 더 써보는 것도 좋고, 하체보다 코어에 집중해보는 것도 좋다. 배에 힘을 주고 스쿼트를 할 때와 엉덩이에 힘을 주고 스쿼트를 할 때를 비교해보면 근육의 집중도가 달라 전혀 다른 효과가 나타난다. 내 몸은 내가 의식하는 대로 생각하는 대로 움직임을 만든다.

좀 다른 방식으로도 운동에 변형을 줄 수 있다. 스쿼트 10개씩 10세트를 해서 쉬엄쉬엄 100개를 보름 정도 지속했다고 치자. 슬슬 지겨워지기 시작할 거다. 그렇다면 이제 20개씩 5세트를 해보자. 그러다가 자신감이 생기면 25개씩 4세트로, 50개씩 2세트로, 단번에 100개 채우기로 서서히 레벨을 높여보자.

나는 경우의 수를 최대한 활용하라고 이야기한다. 숫자에 변화를 주는 것만으로도 우리의 뇌와 몸은 신선함을 느낀다. 같은 운동을 해도 다른 운동을 하는 것처럼.

스쿼트 100개를 한 번에 하는 것이 쉽게 느껴질 무렵이면 그다음은 100개를 하는 데까지 걸리는 시간을 체크해보자. 10분 안에 100개를 완료했다면, 일정 기간이 지난 다음에는 9분, 그다음에는 8분 동안 스쿼트 100개 채우기에 도전해보는 것도 좋은 방법이다.

개수를 세느라 집중을 못하겠다 싶으면 과감히 숫자 놀이를 관두고 시간만 잰다. 그리고 그 시간을 점점 줄여보는 것도 스쿼트 수행 능력을 높이고 운동을 즐길 수 있는 방법이다. 그렇게 하면 스쿼트를 하는 동안 온전히 나에게 더 집중할 수 있다.

산에 오르는 사람은 정상만을 바라보지 않는다는 말이 있다.

꼭대기만 보고 급히 산을 오르다 보면 정작 눈앞의 아름다움은 놓치고 만다. 스쿼트 1000개의 의미는 숫자 1000에 있는 것이 아니라 정상까지 도달하는 과정에 있다는 것을 잊지 말자.

성공은 꾸준함에 있다

모든 공사는 기초가 가장 중요하다. 기초공사는 지면을 단단하게 하는 공사다. 밑바닥을 잘 다져야 구조물을 잘 지탱할 수 있고 하중을 견딜 수 있다. 기초공사가 부실하면 기둥을 세우고 골조를 완성하는 등의 작업을 아무리 잘해도 소용이 없다. 겉으로는 튼튼해 보이는 건물도 기초가 부족하면 외부의 충격에 와르르 무너질 수 있다.

내가 끊임없이 '과정'의 중요성을 강조하는 이유는 운동 또한 건물을 세우는 것과 비슷하기 때문이다. 어떤 종목이든 간에 모든 운동선수들은 언제나 기초체력을 키우는 것에 가장 많은 시간을 투자한다. 내가 체대입시를 준비했을 때 실기 종목을 배우기 전, 1년 내내 체력훈련만 한 것도 같은 이유다. 체력이라는 토대 없이 스킬만 쌓는 것은 부실공사나 다름없다. 스쿼트 역시 빠른 시일 내에 높은 목표를 달성하는 것보다 기초단계(예를 들면 〈스쿼트의 정석〉을 거쳐 〈스쿼트 챌린지〉에 도전하는 것이 있다.)를 거쳐 조금씩 나아가는 편이 단기적으로 보나, 장기적으로 보나 우리 몸에 훨씬 이롭다.

바디프로필 촬영 약일까, 독일까

최근 많은 사람들이 바디프로필 촬영을 위해 운동에 입문한다. 몸을 아름답게 만들겠다는 목표, 멋진 몸을 기록으로 남기겠다는 의지는 좋다. 다만 그 목표가 수많은 사람에게 새로운 강박이 되었다는 점 역시 부인할 수는 없다.

바디프로필 촬영을 준비하는 사람은 보통 3개월의 기간을 잡고 무리한 다이어트와 고강도 운동을 감행한다. 운동을 꾸준히 했던 사람이라면 몰라도 운동 경험이 짧거나 없는 사람에게는 정말 어려운 도전이다. 3개월 안에 완벽에 가까운 몸을 만들어야 한다는 무모한 목표, 사람들은 쉽게 강박에 휩싸이거나 단기간에 강한 스트레스를 받을 수밖에 없다.

평범한 생활을 해왔던 사람이 갑자기 매끼 보디빌딩 선수처럼 식단 조절을 하고, 근력운동 1시간, 유산소운동 1시간씩 한다. 그 과정에서 눈에 띄는 변화를 느끼지 못하거나 그 속도가 생각보다 느리다 싶으면 스스로를 다그치고 강도를 더 높일 것이다. 촬영 날짜는 성큼성큼 다가온다. 기대하는 만큼 몸이 만들어지지 않으면 자책하고 실망한다. 결국 먹는 양을 더 줄이고 운동 강도는 더 높인다. 여기에 마지막 수단으로 탄수화물을 제한하거나 수분 조절을 강행한다. 촬영 결과는 만족스러울까? 솔직히 잘 모르겠다.

최근 1~2년간 바디프로필이 정말 핫한 이슈이니만큼 진행하는 사람도 많았고, 다양한 케이스를 접했다. 매일같이 SNS를 통해 바디프로필을 찍고 난 후 찾아온 식탐과 폭식을 이겨내지 못한 사람들과 심리적인 강박에 사로잡힌 사람들의 상담, 제보가 쏟아진다.

나는 바디프로필 열풍에 관해 지금껏 같은 이야기를 해왔다. 우려되는 점이 많으므로 무작정 덤비기보다는 많은 준비를 해야 한다고 강력하게 당부했다. 그럼에도 불구하고 대부분의 사람들은 직접 경험을 해본 뒤에야 고개를 끄덕인다. 여전히 나는 같은 메시지를 전한다. 앞으로도 그럴 것이다. 내가 할 수 있는 최선이 다양한 루트를 통해 꾸준히 같은 목소리를 내는 것이기에 세 번 경험하고 나서야 알아차릴 일을 단 한 번의 경험으로 깨닫게 된다면 바랄 것이 없다. 깨닫는 사람이 소수여도 말이다.

시작이 어렵지, 운동을 하다 보면 누구나 욕심이 생긴다. 하지만 섣부른 마음은 부실공사의 지름길이다. 긴 시간 다져온 것들을 단번에 따라잡으려는 욕심은 내려놓고 조금 오래 걸리더라도 튼튼한 건물을 짓자는 말을 전하고 싶다.

운동에 있어서만큼은 꾸준한 사람이 성공한 사람이다. 지금 스쿼트 1000개를 할 수 있는 사람보다 적은 개수라도 평생 매일 스쿼트를 하는 사람이 훨씬 위대하다. 그러니 스쿼트 습관을 갖겠다는 마음을 먹었다면 개수 대신 꾸준함을 선택하길 바란다.

그렇다면 꾸준함의 기간을 어느 정도로 잡아야 할까? 나는 무엇이든 우선 '1년'만 해보라고 말한다. 3개월이나 6개월로는 부족하다. 3개월, 6개월은 아무리 열심히 운동했더라도 아주 잠깐만 놓아버리면 다시 예전의 패턴을 찾기 어려운, 습관을 형성하기에 부족한 시간이다.

하지만 뭐든 1년 동안 꾸준히 하면 삶이 바뀐다. 10분 스쿼트도 좋고, 100개 스쿼트도 좋다. 속는 셈치고 뭐든 꾸준히 딱 1년만 해보자.

Part 3

몸과 마음을 지배하는
체력의 힘

MIRACLE SQUAT

몸과 마음은 하나다

나는 영어를 배우면서 서양의 문화와 교육방식에 신선한 충격을 받았다. 한국은 신체와 정신을 구분하는 게 익숙해 '컨디션이 좋지 않다'라고 하면 보통 신체 컨디션을 얘기하는 경우가 많다. 하지만 그들은 신체와 정신의 주체가 늘 '나'이기 때문에 기분이 우울하거나 정신적으로 온전하지 않은 상태도 '컨디션이 좋지 않다'라고 표현한다.

개인주의가 강한 서양의 문화에서는 '나'에 대해서 이야기하는 것, 낯선 사람에게도 이런저런 이야기를 건네는 게 자연스러운 반면 우리나라는 '모난 돌이 정 맞는다'라는 속담처럼 특별하거나 눈에 띄는 것보단 자신이 속한 사회 안에서 평범한 사람이 되어야 한다는 집단주의적 성향을 띤다. 개인주의도 집단주의도 절대적으로 더 좋은 건 없다. 두 가지 성향을 고루 가지고 있는 것이 개인의 잠재력을 보존하면서 동시에 사회의 구성원으로서 제 역할을 해내기에 가장 최적의 성향이 아닐까.

몸의 문제인가, 마음의 문제인가

실제로 운동을 하면서 부딪치는 다양한 문제들은 신체적인 것보다 정신적인 문제의 영역이 더 크며 문제의 깊이도 더 깊다. 피부로 느껴지는 아픔, 통증은 치료를 통해 회복시기를 예측할 수 있지만 마음 깊이 스며든 고민이나 아픔은 그 깊이를 정확히 진단할 수 없고 회복시기조차 예측할 수 없기에 더 막연하다고들 느낀다.

예를 들어 체중이 단기간에 심하게 늘면 건강에 적신호가 켜지기도 하지만, 덩달아 자신감과 자존감이 하락하는 등 마음에도 빨간 불이 들어온다. 운동을 통해 극복하려고 해도 즉각적인 효과가 눈에 보이지 않으니 조급해질 수밖에 없다. 먹는 것에 죄책감을 느끼고, 0.1킬로그램에 일희일비하게 되는 거다.

설상가상으로 포기할 때마다 요요를 거듭하게 되니 자책은 더욱 심해진다. 심하면 식이장애나 우울증이 찾아오기도 한다. 이런 경우에는 다이어트와 운동에만 신경 쓸 것이 아니라 당장 마음의 문제부터 깊이 들여다봐야 한다.

"언니는 운동 강박, 식단 강박 느낀 적 없나요?"

내가 정말 자주 듣는 질문이다. 일주일에 운동은 몇 번 하는지, 빨리 살을 빼려면 운동을 얼마만큼 해야 하는지도 단골 질문이다. 나는 이런 질문에 일일이 답하지 않는다. 대답이 어려운 것은 아니지만, 내가 하고 있는 식단이나 운동, 횟수를 알려주면 그걸 기준으로 본인을 더욱 몰아붙이며 힘들게 할 것 같아 걱정이 앞서기 때문이다.

나는 운동을 좋아하기도 하지만, 운동은 내 일이기도 하다. 유튜브 촬영, 방송 등과 같은 매체 촬영이 수시로 잡힌다. 직업 특성상 내 몸은 늘 준비되어 있어야 한다는 말이다. 무리한 식단이나 운동으로 관리하는 것은 지양하지만, 어쨌거나 운동을 업으로 하지 삼지 않은 사람과는 생활에 차이가 있을 수밖에 없다. 이렇게 말해도 사람들은 자신이 원하는 것만 골라서 듣는다. 100을 다루는 영상에서 경험치 50과 정보 50을 주면, 그중에서 정말 자극적인 1퍼센트 정보만 기억하고 스스로를 압박한다. 그런 식으로 운동을 하면 겉으로 보이는 몸은 좋아질지 몰라도 마음은 곪는다. 너무나 안타까운 일이다.

나보다 '더' 중요한 것은 없다

나아가 정신적인 문제는 신체에 영향을 주기도 한다. 무기력증은 우리로 하여금 어떤 일도 할 수 없게끔 만든다. 무기력증에 시달리면 특별히 아픈 곳이 없는데도 꼼짝할 수가 없다. 무언가를 해나갈 에너지 자체가 바닥났기 때문이다. 간단한 일조차 할 수가 없게 되고, '할 수 없을 것'이라는 생각에 갇혀 시도조차 하지 않는, 이런 악순환이 계속된다. 부정적인 감정 상태가 지속되면 몸에도 병이 올 수밖에 없다.

우리가 마음의 문제로 치부하는 것들은 사실 마음만의 문제가 아니며, 몸의 문제 또한 몸만의 문제가 아니다. 몸과 마음은 너무나 끈끈하게 이어져 있다. 마음이 무너지면 몸이 무너지고, 몸이 무너지면 마음이 무너진다. 어디서부터 비롯된 문제인지 안다고 해도 결국에는 구분할 수 없을 정도로 뒤섞여버린다. 무엇이 더 중요하다고 할 수 없는 문제다. 몸이 먼저이거나 마음이 먼저라고 말할 없기에 무엇을 먼저 끌어올려야 하는지 결정하는 것도 쉽지는 않다.

하지만 정신의 수양이 우선이라고 생각하는 사람들은 명상을 하거나 요가 수련에 매진한다. 요가는 몸을 움직이는 운동이기도 하지만 그 본질은 정신을 수양하는 데 있기 때문이다. 우선 신체 단련을 해야겠다고 판단한 사람들은 헬스장에 등록하거나 달리기를 시작하는 등 몸을 움직이려는 시도를 한다. 둘 중 무엇이 정답인지 우열을 가릴 순 없다. 자신에게 필요하다고 판단이 되는 쪽을 택하면 된다. 어느 쪽이든 '시작'을 했다는 점에서 위대한 첫걸음을 내디딘 것이다.

몸을 움직이는 것이 마음을 다잡는 데 도움이 된다는 사실만은 분명하다. 마음이 힘들 때 운동에 집중하고 나면 마음이 한결 가벼워진다. 온갖 생각이 많이 들 때 운동을 하면 흩어졌던 생각들이 깔끔하게 정리되는 경우도 있다.

운동의 가장 큰 매력이 이것이다. 내 몸 구석구석에 신경을 쏟는 동안만큼은 그 어떤 고민도, 걱정도 비집고 들어올 틈이 없다.

몸에 집중하는 동안 마음이 잠시 물러나 있는 게 아닐까. 많은 스포츠에서 신체 단련과 더불어 정신을 수양하는 행위를 강조하는 이유가 바로 여기에 있다.

마음의 문제가 몸을 삼키지 않도록

몸을 꾸준히 움직이다 보면 어느덧 일상의 많은 부분에서 변화를 느낀다. 천근만근이었던 몸이 더 이상 축 늘어지지 않는다. 몸이 무겁지 않으니 걸을 때 다리가 한결 가벼워진 느낌이다. 뿌옇기만 하던 머릿속이 한결 맑아져 기분마저 상쾌해진다. 무기력했던 일상에 조금씩 활력이 생긴다. 몸에도, 마음에도 변화가 찾아온다.

일단 체력이 어느 정도 갖춰지면 자꾸 가라앉는 기분을 조금은 끌어올릴 수 있다. 그렇다면 체력은 어떻게 길러야 할까? 무조건 운동을 많이 하면 체력이 길러진다고 생각하는 사람들이 많다. 이는 반만 맞는 말이다. 수면 부족으로 인한 체력저하는 잠을 보충해야 회복된다. 몸에 무리가 느껴지는 날에는 차라리 운동을 쉬는 것이 체력을 보완하는 데 도움이 된다. 가장 중요한 것은 자신의 상태를 부정하지 않는 것이다. 스스로에게 자주 질문을 던져야 한다. 오늘 몸의 컨디션은 어떤지, 또 마음의 컨디션은 어떤지 말이다. 그 답에 따라 에너지를 분배하고 또 축적해야 체력이 바닥나는 일을 막을 수 있다.

나는 마음이 좋지 못할 때 몸을 움직이면서 마음의 안정을 찾는다. 반대로 몸이 지칠 때는 정신적인 에너지를 빌려와 견디기도 한다. 이렇듯 몸이 지칠 땐 마음의 힘을 빌리고, 마음이 지칠 땐 몸의 힘(체력)을 빌리는 것이 가장 이상적인 구조다. 하지만 체력과 정신력이 상호보완할 수 있도록 조절하기까지는 꽤 오랜 시간이 걸렸다. 과거에는 빡빡한 일정에 운동까지 하느라 지쳐서 수없이 번아웃을 맞닥뜨렸고, 슬럼프도 몇 번 있었다. 그때마다 멘탈도, 체력도 바닥으로 떨어지지 않도록 부던히 애를 쓰면서 해결할 방법을 찾으려 노력한 결과다.

운동하는 사람들은 저마다의 운동 목적을 가지고 있다. 운동

자체가 직업인 사람도 있고, 운동을 통해 이루고자 하는 목표나 꿈이 있을 수도 있다. 그러나 대다수의 사람들은 외적인 몸을 가꾸거나 건강증진을 위해 운동한다. 몸과 마음 중에 어디에 비중을 둘지는 건 개인의 선택이지만 내가 강조하고 싶은 핵심은, 몸과 마음의 균형이다. 이 중에 어느 한쪽을 소홀히 하는 일은 없었으면 좋겠다.

몸에 집착하다가 마음의 건강을 잃지 않도록, 마음의 문제가 자칫 몸까지 삼키지 않도록 말이다. 몸과 마음은 균형을 이뤄야 한다.

운동은 나를 위한 것이다

나는 다양한 운동을 좋아하는데, 그중에서도 필라테스는 반드시 필요하다고 느끼는 운동 중 하나다. 필라테스는 바른 자세를 유지하도록 돕고 몸의 정렬을 바로 잡는데 정말 탁월하기 때문이다. 필라테스의 움직임을 수행하다 보면 전신이 순환되고 마디마디가 개운해지는 기분이다.

그리고 필라테스는 '몸'뿐만 아니라 '머리'도 함께 써야만 하는 운동이다. 필라테스를 하면 몸도 마음도 한결 편안해진다. 몸과 마음을 동시에 사용한다는 건 집중력을 필요로 한다는 말과 같다. 실제로 필라테스의 여섯 가지 원리 중에 하나가 바로 집중력(Concentration)이다(그밖에 조절(Control), 중심화(Centering), 흐름(Flow), 정확성(Precision), 호흡(Breathing)이 있다). '집중'하지 않고는 필라테스 동작을 잘 해내는 것이 어렵다.

　요즘 핫한 이슈중 하나인 뇌과학 역시 필라테스와 깊은 관련이 있다. 보다 정교한 동작을 추구하고 반복할수록 '미엘린(Myelin)'이라는 물질이 두꺼워진다. 미엘린은 뇌의 신경세포인 뉴런을 감싸고 있는 물질인데, 미엘린이 두꺼워지면 뉴런이 전기 신호를 한층 빠르고 강하게 전달한다. 우리 몸도 그만큼 빠르고 정확하게 정보를 처리하게 된다.

　그래서 필라테스를 하는 내내 강사들은 '생각하기'를 요구한다. 정교한 동작을 거듭할수록 자신의 움직임을 더 미세하게 조절할 수 있는 능력이 생기기 때문이다. 필라테스는 하면 할수록 뇌가 똑똑해지는 운동이다.

필라테스, 날씬한 사람만 해야 할까?

　작년 봄부터 여름까지, 《맛있는 녀석들》 프로그램에서 기획한 〈운동뚱(필라테스 편)〉에 출연해서 민경언니와 시청자분들에게 필라테스의 매력을 보여주었다. 민경언니는 필라테스에 도전하기에 앞서 본인이 이 운동을 하면서 필라테스가 날씬한 사람만 하는 운동이라는 편견을 없애고 싶다고 했다. 나 역시 같은 마음이었다.

　실제로 필라테스는 누구에게나 필요한, 누구나 할 수 있는 운동인데 어째서인지 날씬한 사람만 하는 운동으로 알려져 있었다. 다행히 운동뚱을 통해 우리의 바람은 이루어졌다. 영상에는 "저도 민경언니 보고 필라테스 시작했어요", "민경언니 덕분에 날씬한 사람만 하는 운동이 아니라는 걸 알게 됐어요"라는 댓글이 정말 많이 달렸다. 1만개가 넘는 댓글을 하나하나 읽으면서 실제로 많은 시청자들의 인식이 달라진 걸 느낄 수 있어 가슴이 벅찼다.

필라테스는 날씬한 사람이 하는 운동이 아니라, 원한다면 누구나 할 수 있는 운동이다.

완벽한 사람은 없다

바디프로필 촬영이나 피트니스 대회를 목표로 하는 사람들이 전보다 많아지면서 누군가의 몸을 평가하는 사람들의 기준 또한 지나치게 높아졌다. 잡지에서나 찾을 수 있는 완벽한 몸에 자신의 얼굴을 욱여넣으며 스스로에 대한 기대치를 높이고, 그 모습에 가까워지려고 애쓰다가 오히려 몸과 마음의 건강을 잃는 경우가 많다.

신체적으로나 정신적으로나 완벽한 사람은 없다. 누구나 부족함을 안고 살아간다. 나도 그렇다. 실제로 비만은 아니었지만 하체에 비해 상체가 유독 마르고 살이 없어서 하체가 유독 커 보이고 살이 쪄보였다. 그 어떤 방법을 써도 상하체 불균형을 이겨내는 게 쉽지 않았다. 나는 콤플렉스 극복에 집착하는 대신 객관적인 인지와 개선 방향을 찾아보기로 했다. 부족한 부분에 집착하다보면 자존감과 의욕만 떨어질 뿐이니까. 관점을 달리 하니 변화도 빨리 찾아왔다. 더 이상 나는 하체가 더 비만하거나, 상하체 밸런스가 불균형하지 않다. 심지어 콤플렉스였던 하체를 강조해서 유튜브 채널명을 《힙으뜸》으로 만들었으니 단점을 장점으로 승화시킨 셈이다.

어떤 이는 유독 상체와 복부에 살이 붙어 고민일 것이고, 또 다른 어떤 이는 살이 너무 안 쪄서 고민일 것이다. 완벽한 사람은 없다. 세상이 말하는 아름다움의 기준에 내 몸을 끼워 맞출 필요는 더더욱 없다. 내 몸을 부정적인 시선으로 바라본다면 한없이 부족하고 또 못나 보인다. 하지만 있는 그대로의 내 모습을 받아들이기 시작하면, 단점은 더 이상 단점이 아니다.

여기에 운동으로 내 매력을 한층 업그레이드 하는 시간을 가져보자. 자세만 곧아져도 달라 보이는 것이 우리의 몸이다. 운동은 나의 건강과 행복을 위한 최소한의 예의다.

'나'에게 온전히 집중하기

나는 운동 유튜버이기도 하고 피트니스 모델이기도 하다. 대중에게 계속해서 내 몸을 보여야 하는 직업이기에 관리는 필수다. 하지만 지금의 체중, 몸매를 유지해야 한다는 불안이나 강박을 갖고 있진 않다.

종류를 막론하고 내가 끊임없이 다양한 운동을 꾸준히 즐길 수 있는 이유는 단지 재미있기 때문이다. 운동을 하면 그날의 피로가 풀리고 스트레스가 사라진다. 몸과 마음의 균형을 유지하는 에너지도 빵빵하게 채워진다. 이렇게 '나'를 위한 운동을 꾸준히 해나가는 과정에서 자연스럽게 운동의 순기능을 깨닫게 되었다.

"단 10번이라도 좋으니 스쿼트를 매일 해보세요. 온전히 본인을 위해서요."

스쿼트를 10번 한다고 해서 당장 살이 빠지거나 몸이 눈에 띄게 달라지진 않는다. 하지만 매일이 쌓이면 변화는 금세 찾아온다. 피로감이 줄어들고 일상에 생기가 돌며 아침에 눈뜨는 일이 더 이상 끔찍하게 느껴지지 않게 된다. '오늘은 피곤한 하루였으니 운동을 쉬어야겠다' 하고 아무것도 하지 않는 것보다 오히려 스쿼트를 단 몇 번이라도 하는 편이 피곤을 물리치는 방법이 될 수도 있다.

매일 스쿼트를 하게 되면 이전에는 미처 느끼지 못했던 감각이 깨어나기도 한다. '하체 근육을 쓰는 느낌은 이렇구나', '호흡과 함께 했더니 확실히 집중도가 높아지는구나', '스트레스를 받아서인지 오늘따라 목, 어깨에 긴장이 느껴지는구나' 등 다양한 신체감각을 느끼면서 자신의 몸을 마주할 수 있는 기회를 얻을 수 있다.

운동은 남이 아닌 나를 위한 행위다. 다른 사람에게 보이는 내 모습을 신경 쓰기보다는 나만이 느낄 수 있는 내 몸의 변화에 집중해보자. 다른 사람보다 자세가 잘 나오지 않는다고, 배움의 속도가 느리다고 해서 걱정할 필요도 없다.

타인을 기준으로 나를 분석하거나 평가하지 않았으면 좋겠다. 누군가와 경쟁해야 하는 것도 아니고, 대회에 나가 일등을 해야 하는 것도 아닌데 자꾸 상대 평가를 하면서 부족한 점을 찾는다면 운동으로 인해 얻을 수 있는 어마어마한 장점들을 놓치게 된다.

오늘 나와의 비교 대상은 언제나 어제의 내가 되어야 한다. 운동을 하면서 이전보다 더 활력이 생기고 신체적으로, 정식적으로 건강해졌다면 충분하다. 자신의 노력을 인정하고, 스스로를 칭찬해주었으면 좋겠다. 내 자신을 가장 잘 돌볼 수 있는 사람은 바로 나 자신이다. 긍정의 힘으로 오늘 또 운동을 이어나간다면 오늘보다 분명 더 괜찮은 내일이 기다리고 있을 것이다.

체력이 무기가 되는 순간

나는 '체력이 정말 좋은 것 같아요'라는 말을 많이 듣는다. 그렇다. 나는 내가 생각해도 체력이 참 좋다. 촬영이 아무리 힘들어도 컨디션이 좋지 않은 날에도 카메라가 켜지면 언제 그랬냐는 듯 집중하기 시작한다. 촬영 현장에서 종일 똑같은 텐션을 유지하는 나를 지켜보며 놀라는 분들도 많았다.

이 모든 것이 가능했던 건 바로 강한 정신력이었고, 정신력은 온전히 나의 '체력'에서 나온 것이다.

체력은 곧 정신력이다

체력의 사전적 의미를 살펴보면 '육체적인 활동을 할 수 있는 몸의 힘, 질병이나 추위에 대한 저항 능력'을 뜻한다. 운동을 규칙적으로 꾸준히 하면 폐활량과 심장의 효율이 증가하고 근육이 발달한다. 면역에 관련된 세포 수가 늘어나며 그 기능도 좋아진다. 질병에 대한 신체의 저항력이나 회복력 또한 향상될 수밖에 없다.

건강하다는 것은 정말 큰 축복이다. 어린 시절 내내 잔병치레가 잦았던 데다가 큰 사고를 여러 번 겪은 나로서는 건강한 상태로 보내는 하루하루가 기적처럼 느껴질 때도 있다.

내 인생은 운동을 하기 전과 후로 나뉜다. 체력이 좋으면 깨어 있는 시간 동안 활기차게 생활할 수 있다. 그 에너지의 차이는 겪어본 사람만이 알 것이다.

나는 운동의 신체적 효과보다 심리적 효과를 더 강조한다. '건강한 몸에 건강한 정신이 깃든다'라는 말에는 분명한 과학적 근거가 있다. 운동을 하는 동안 우리 뇌는 여러 종류의 호르몬을 분비한다. 아드레날린과 코르티솔, 도파민 같은 호르몬들이 적절히 분비되면 고통을 줄여주고 우울감과 같은 부정적인 감정을 억제하는 동시에 쾌감을 준다. 꾸준히 운동을 하는 사람은 그렇지 않은 사람에 비해 불안과 우울감이 낮았고, 심리적 안정감이 높으며 상대적으로 높은 자존감을 갖게 된다는 연구 결과도 있다.

심리학자이자 요가와 에어로빅을 가르치는 강사이기도 한 켈리 맥고니걸은 『움직임의 힘』이라는 책에서 운동의 이로움을 이렇게 설명하고 있다. 신체활동은 인간의 다양한 능력(고난을 견디고 공동체를 형성하여 타인과 연결되어 있음을 감지하며 서로 도움을 베푸는 능력)을 고양시킨다고 말이다. 그리고 덧붙였다. 세상 어디를 둘러봐도 활발하게 활동하는 사람들이 더 행복하고 만족스럽게 살아간다고.

지금 당장 움직이자

앞서 켈리 맥고니걸의 주장은 나의 철학과도 통하는 부분이 많다. 중요한 것은 운동의 종류나 방법, 강도가 아니라 자신이 좋아하는, 그리고 자신에게 맞는 움직임을 알아차리는 것이다.

외출 한 번만 해도 진이 빠지고, 조금만 움직여도 피곤하고, 뭘 하려고 해도 좀처럼 기운이 없고, 밤마다 몸이 천근만근이라면 당장 체력부터 키워야 한다.

몸이 가라앉는 원인이 혹여 마음에 있더라도 우선적으로 할 수 있는 일은 몸을 움직이는 것뿐이다. 대부분의 고민은 당장 해결되는 것이 아니기 때문이다.

그래서 나는 마음의 문제로 상담을 요청하는 사람들에게 밖에 나가서 잠깐만 걸어보라고 이야기한다. 믿기 어렵다면 이 책을 덮고 지금 당장 나갔다 와도 좋다. 나가는 것이 귀찮으면 가볍게 앉았다 일어나는 동작을 딱 10번만 해보자. 아니, 몸을 일으키는 것조차 힘겨운 사람이라면 편안하게 누워 눈을 감고 호흡에만 집중해보는 것도 괜찮다. 휴대폰도, 인간관계도, 머릿속도 잠시 내려놓은 채 말이다. 그저 숨을 들이마시고 내쉬는 동안 내 몸을 가만히 들여다보는 것만으로 충분하다. 아무것도 아닌 것 같지만 이런 시도 하나가 마음의 문제를 대하는 나의 태도를 180도 바꿔줄 것이다.

　　운동을 한다고 해서 부정적인 마음이 모두 사라지는 것은 아니다. 하지만 걱정이 100이라면 그중 1/10만 덜어내자는 생각으로 운동을 해보라고 말하고 싶다. 1시간을 들여 고민할 문제가 있다면 50분만 고민하고 10분은 몸을 움직여 보는 거다. 그러다 보면 어느새 체력이 쌓이고 정신력도 함께 강해진다. 정말 집중해야 할 문제에 집중할 수 있는 힘이 생긴다고 해야 할까.

　　운동할 시간이 나지 않는다고, 기력이 없다고 말하는 사람이 많다. 가슴에 손을 얹고 생각해보자. 정말 10분의 틈도 낼 수 없는지. 스쿼트를 한 번도 못할 만큼 여유가 없는지. 아마 그렇지는 않을 것이다.

"스쿼트 딱 10분만 해보세요! 안 되면 10개만요!"

내가 이렇게 외치고 다니는 이유는 정말로 누구나 할 수 있기 때문이다. 나는 사람들에게 자신감과 희망을 불어넣어주고 싶다. 이 말을 들은 사람들이 '10분이면 해볼 만하다', '10개 정도는 나도 할 수 있겠다'라고 생각한다면 내 작전의 절반은 성공이다.

체력은 나를 지키는 가장 강력한 무기다

인생에는 어떤 흐름이 있는 것 같다. 나는 아직 인생을 논할 만큼 많이 살지는 않았지만, 가끔씩 그런 생각을 한다. 그 흐름을 악순환이 아닌 선순환으로 이끄는 것이 내가 사는 방식이자 목표이다.

나도 한때는 악플에 상처받고, 나를 싫어하는 사람들을 신경 썼다. 하지만 이제 보이지 않는 사람들의 시선은 의식하지 않기로 했다. 나를 응원해주는 사람들을 챙기기도 바쁜데, 나를 비난하는 사람들을 신경 쓰는 일은 시간 낭비이자 감정 낭비라는 사실을 깨달은 것이다.

나는 나를 지키기로 했다. 누가 뭐라 하든지 나에게 집중하고, 내 몸과 마음이 아프지 않게 지키기로 결심했다. 몸이 건강하지 못하면 마음도 힘들어지고, 마음이 힘들면 몸이 축 늘어진다. 하지만 건강한 몸과 마음을 유지하고 있다면 많은 사람들에게 긍정적인 에너지를 나눌 여유가 생긴다. 나는 사람들에게 에너지를 주고 다시 그들로부터 힘을 얻는다. 이 또한 관계의 선순환인 셈이다.

인생은 내 마음대로 굴러가지 않는다. 하지만 오늘 주어지는 하루만큼은 내가 원하는 대로 이끌어갈 수 있을지 모른다. 나는 아침마다 스스로 다짐한다. 조금 더 힘찬 하루를 보내자고, 조금 더 많이 웃는 하루를 보내자고. 마음속으로 한 번 읊기만 해도, 그날 하루가 그 말과 비슷해지는 마법 같은 일이 정말로 일어난다. 그러니까 그 말은 내가 나에게 거는 주문과 같다.

몸이 가벼워지는 느낌, 땀을 흘린 뒤에 맛보는 개운함, 목표를 완수하고 나면 찾아오는 성취감. 나는 누구나 이 기분들을 경험했으면 좋겠다. 그 과정에서 튼튼해지고, 또 단단해지기를 바란다. 체력은 몸이 고단하고 마음이 흔들릴 때마다 붙잡고 일어설 수 있는 기둥이자, 나를 지키는 무기가 되어줄 것이다.

하이 텐션의 비밀

지인인 정신과 의사 선생님에게 상담을 받은 적이 있는데, 내 텐션은 절대 후천적으로 만들어질 수 없다는 말을 들었다.

사실 나는 타고나기를 밝은 성격으로 태어났고, 그 유전자는 엄마로부터 받았다. 남편은 엄마와 내가 아이처럼 해맑고 순수한 모습이 꼭 닮았다고 했다. 엄마는 여전히 내 눈에도 귀엽고 사랑스러운 여사님이다. 고맙다는 말 한마디도 애교 있게 표현하고, 추임새와 리액션도 커서 주위에 긍정 에너지를 퍼뜨리는 에너자이저 같은 사람이다.

적당하고 꾸준하게, 조절의 미학

하지만 나의 넘치는 에너지는 유전적 요소에만 기인하지 않는다. 여기에 후천적인 경험이 더해졌다. 나도 사람인지라 매순간 즐겁고 행복하지는 않다. 몸이 지치거나 마음이 지쳐서 힘들 때가 분명 있다. 특히 몸에 무리가 오고 체력이 바닥나는 날이면 잇달아 교통사고 후유증이 찾아오고 그렇게 되면 나의 신체적, 정신적 에너지는 걷잡을 수 없을 만큼 바닥으로 떨어진다.

그래서 나는 에너지를 항상 조절하려고 한다. 활력은 있지만 너무 들뜨지 않도록, 반대로 지나치게 가라앉지도 않게 말이다. 앞서 이야기했듯 최고의 텐션 수치를 10이라고 하면 언제나 5~6 정도로 유지하려 노력한다.

언제나 일정한 하이 텐션을 유지할 수 있는 비결은 감정 기복을 줄이는 것이다.

늘 10에 가까운 텐션을 유지하려고 하면 금세 번아웃 증후군이 찾아온다. 나는 5~6 이하로 텐션이 떨어지면 회복하기가 정말 어렵다는 걸 알기에 적당한 기준치를 정하고 유지한다. 무엇이든 지나치지 않게 적당히, 그리고 꾸준히. 이것이 내 삶의 모토다.

알아차림(Awareness)
이처럼 에너지를 잘 조절해가며 지낼 수 있는 첫 번째 비결은 '알아차림(awareness)'이다. 보통 명상이나 참선, 요가 등에서 말하는 개념으로, 짧게 설명할 수 없을 만큼 심오한 뜻이 담겨 있는 말이기도 하다. 하지만 너무 어렵게 생각하기보다는 우선 '나'라는 사람을 가만히 들여다보는 정도로만 이해한다면 충분할 것 같다.

나에게 집중하되, 나의 시선으로만 나를 바라보면 그 안에 갇히기 쉽다. 때로는 다른 사람이 된 것처럼 나에게서 한 발짝 멀어져서 생각해보자. 지금 나의 감정이 어떤 것인지, 그 감정은 어디로부터 온 것인지, 혹시 몸이 어딘가 불편해서 마음도 평소와 다른 것은 아닌지, 아니면 마음의 불편함으로 몸이 개운하지 못한 것인지 말이다.

나는 생리주기가 규칙적이라서 호르몬에 따른 몸 상태를 파악하기 수월한 편이다. 호르몬은 신체뿐 아니라 기분에도 큰 영향을 미치는데, 여자의 경우 자신의 생리주기를 알고 있으면 감정을 파악하는 데 도움이 된다. 나도 모르게 부정적인 감정을 갖거나 표출하지는 않는지 살피고 스스로 조절할 수 있게 되는 것이다.

내 상태를 알지 못하면 조절하고 개선할 수 없다. 그러나 시시때때로 나를 살피면 나에게 무엇이 필요한지 찾아낼 수 있다. 그렇다고 해서 지나치게 예민해질 필요는 없다. 적당히, 꾸준히 나의 상태를 체크하려는 노력만으로도 충분하니까. 나는 신체적, 정신적인 스트레스를 주로 운동으로 극복하는 편이다. 하지만 간혹 너무 큰 슬럼프로 인해 운동으로 머릿속을 비울 수 없고 몸도 회복할 수 없는 상황이라면 주저 없이 '휴식'을 택한다.

휴식의 필요성

휴식은 내가 텐션을 일정하게 유지할 수 있는 두 번째 비결이다. 나는 항상 나름의 기준치를 정해두고 있는데, 스트레스가 그 기준치보다 못하다 싶으면 운동으로 풀어버린다. 하지만 그 기준치를 넘어가는 스트레스일 경우에는 운동보다 휴식의 힘을 빌린다. 평소보다 잠을 더 자거나, 회복 목적으로 필라테스를 하거나, 실제로 치료를 받기 위해 병원에 가기도 한다.

휴식이 꼭 '아무것도 하지 않는 것'만을 의미하지는 않는다. 어떤 사람에게는 좋아하는 음악을 들으면서 하는 산책이 휴식일 것이고, 어떤 사람에게는 눈을 감고 앉아 있는 것이 휴식일 것이다. 그림을 그리면서 휴식을 취하는 사람도 있고, TV를 보면서 깔깔 웃어야 비로소 휴식을 취했다고 느끼는 사람도 있다. 지금의 상태를 벗어나 잠시 쉴 수 있는 것이라면 무엇이든 괜찮다.

휴식은 단순히 쉬는 것만으로 끝나는 것이 아니라 다시 몸을 움직일 수 있도록 에너지를 충전해준다.

생리주기와 달리 내 일은 아주 불규칙하다. 직업이 여러 개이기도 하고 정해진 일과 없이 매일 다양한 업무를 하는 만큼 스케줄 관리와 체력 관리를 함께 해야 한다.

현재의 컨디션을 알아차리는 것만큼이나 다음에 올 스케줄을 대비하는 일도 중요하다. 모든 게 맞물려서 돌아가는 셈이다. 나는 정신없이 바쁘게 살고 있기 때문에 컨디션 관리를 소홀히 하면 다음 날 내 하루가 얼마나 힘겨워질지 너무도 잘 알고 있다.

선택과 집중

아침에 눈뜨는 순간, 느낌이 좋지 않은 날이 있다. 그런 날은 조금만 무리해도 담에 걸린다. 몸살과 함께 사고 후유증이 몰려올 것 같다는 직감이 든다. 그리고 그 예감은 언제나 적중한다. 그럴 때는 우선적으로 스케줄을 살피고 큰 촬영 스케줄이 아니라면 대부분 과감하게 빼버린다.

'선택과 집중'은 내 체력의 세 번째 비결이자 나처럼 욕심과 의욕이 많은 사람에게 꼭 필요한 것이기도 하다. 나는 하고 싶은 일이 너무 많은 사람이기에 이 보 전진을 위한 일 보 후퇴를 결정한다.

우선순위를 체크하고 상대적으로 덜 중요한 일들을 잘라내지 않았다면 내 생활은 금세 뒤죽박죽이 되었을 테고, 나 역시 에너지를 모두 잃고 두 손 두 발 다 들었을 것이다. 우선순위는 늘 달라진다. 사안에 맞게 판단하고 먼저 해야 할 일, 꼭 해야 할 일을 택해 집중하면 적은 에너지라도 충분히 효율적으로 사용할 수 있다.

　과거의 나는 끊임없이 질문하는 선생님이었다. 오늘 수업은 어땠는지, 몸이 개운한 느낌은 들었는지, 아픈 곳은 없는지, 기분은 어떤지, 피곤하거나 허기가 지지는 않는지 등을 계속 물었다. 몸과 마음의 상태를 알아차림으로써 스스로를 살필 수 있도록 습관을 길러주려는 것이다.

　운동은 단순히 운동으로만 끝나선 안 된다. 먹고 휴식하는 것까지 모두 운동임을 기억해야 한다. 그래서 운동을 마치고 하루 이틀 정도는 건강한 식단으로 몸에 충분한 영양분을 넣어주는 것이 좋다. 여기에 음악 감상이나 기분 좋은 산책, 질 좋은 수면으로 적당한 휴식을 취하면 운동의 효과와 운동을 향한 의욕을 극대화할 수 있다.

　선택과 집중으로 일과를 정리하는 것도 중요하다. 운동을 해보지 않은 사람이라면 더욱 그렇다. 우선 잠자리에 드는 시간과 일어나는 시간을 정해두고 끼니를 규칙적으로 챙긴다. 그런 다음 10분이든 30분이든 운동하는 시간을 정해 실천해보자.

　정신없는 일상에 무턱대고 운동을 욱여넣으면 지속적으로 실천하기 어렵다. 출근시간과 퇴근시간이 정해져있듯이 운동시간도 하나의 '해야 할 일'로 간주하고, 시간대를 정해서 꾸준히 반복한다면 운동 효과가 극대화된다. 운동을 통해 이루고자 하는 목표를 실천하고 성취하는 데도 도움이 된다.

운동을 시작하기에 앞서 운동에 필요한 체력과 에너지를 충분히 확보하는 것 역시 중요하다. 결국 에너지란 자신이 원하는 삶의 방향을 정하고 진취적으로 나아가며 결과를 얻기 위한 연료가 아닐까.

긍정 지구력 기르기

CBS에서 제작하는 프로그램 《세상을 바꾸는 시간, 15분》에 출연한 뒤로 연락을 해오는 분들이 많았다. 그날 강의에서 나는 자동차가 전복되는 교통사고에서 기적적으로 살아난 사연과 함께 무너진 몸을 운동으로 극복해 낸 이야기를 했다.

이후 나처럼 큰 사고를 경험한 사람들, 사고 후유증으로 고생하는 사람이나 그것을 이겨내기 위해 애쓰는 사람들이 SNS, 유튜브 댓글을 통해 개인적인 질문을 던졌다. 비슷한 일을 겪은 사람으로서 강의를 인상 깊게 들었다며 공감하는 마음을 표시하는 분들도 있었고, 자신의 상황에 따른 구체적인 해답을 달라고 요구하는 분들도 있었다.

우리에게 가장 필요한 것

건강하지 않은 상태, '질병' 또는 '아픈 곳'이 있다면 병원 치료가 우선이다. 병원에 내원해 정확한 상태를 진단 받고 그 다음 단계적으로 회복 단계를 거치길 바란다.

물론 나처럼 사고 후유증 때문에 힘든 케이스는 병원에 가도 확실한 답을 얻기 힘들다. 나 역시 고통 받았던 당시에는 해결책을 제시해주는 병원도, 사람도 없었으니까. 온전히 운동으로, 마음을 다잡으며 힘겹게 이겨냈지만 이런 내 개인적인 경험으로만 누군가의 아픔에 관해 해결책을 제시해주는 건 정말 조심스럽고 또 위험한 일이다. 다만 내가 할 수 있는 건 각자가 지닌 고통의 크기는 다르더라도 세상에는 정말 많은 사람들이 자신만의 고통을 안고 살아가고 있다는 걸 알려주는 일이다. 당신의 아픔을 공감하고 또 함께 아파해주며 다시 일어설 수 있도록 곁에서 힘을 되어주는 것뿐이다.

영상으로만 나를 만난 사람들은 늘 나의 단면만을 접한다. 영상 속 심으뜸은 늘 신나고 행복해보인다. 하지만 나 역시 지치고 울적할 때가 종종 있다. 자격지심으로 가득 차있던 때도 있었고, 자존감이 바닥을 치던 때도 있었다. 약한 체력 때문에 움직이는 것이 버겁고, 숨 쉬는 것조차 힘겨웠던 때도 있었다. 이런 내면의 이야기들을 솔직하게 꺼내니 많은 분들이 크게 공감해주었다. 댓글을 통해 어디서도 터놓지 못했던 각자의 사연을 털어놓는 분들이 늘어나기 시작했다.

이렇듯 내가 나의 이야기들을 솔직하게 털어놓는 이유는 많은 사람들이 건강하길 바라는 마음 때문이다. 운동을 하다 보면 신체는 점점 힘을 얻지만, 그와 반대로 전혀 예상치 못했던 마음의 문제들을 맞닥뜨리게 된다.

왜 이렇게 힘들까, 꼼짝도 하기 싫은데 꼭 운동을 해야 할까, 내 몸은 왜 이런 모습일까, 왜 살이 안 빠질까, 다시 살이 찌면 어떻게 해야 할까, 왜 나는 저 사람만큼 하지 못할까, 이렇게 한다고 뭐가 달라질까…. 고민을 마음 깊숙이 숨기고 내뱉지 않으면 그것은 내 몸 속을 파고들어 곳곳을 망가뜨린다. 자신의 고민과 고통을 알아차리고 때로는 다른 사람의 의견을 통해 앞으로 조금씩 나아가려는 용기가 필요하다.

부정적인 감정을 키우지 않으려면

감정은 형태가 없다. 불안하고, 걱정되고, 근심스러운 감정들도 그렇다. 그 크기 또한 내가 어떻게 하느냐에 따라 작아지기도, 커지기도 한다. 잠을 자려고 누웠다가 과거의 실수나 잘못, 억울한 일들을 돌이켜보고 내가 왜 그랬을까, 그때 왜 이 말을 못했을까 후회하느라 밤새 뒤척인 경험은 누구나 있을 것이다. 심리학자들은 이런 습관이 부정적인 감정을 불어나게 하고, 문제 해결 능력을 떨어뜨린다고 이야기한다. 오히려 그 사건과 감정에서 눈을 돌려야 스트레스가 줄어든다고 한다.

부정적인 감정을 느끼지 않고 살 수는 없다. 불안과 걱정, 두려움, 좌절 같은 감정을 느껴본 적이 없는 사람은 아마 없지 않을까? 그건 노력만으로 막을 수 있는 문제가 아니기 때문이다. 그러나 내가 할 수 있는 일도 있다. 바로, 내가 겪은 일과 그 일로 인해 생긴 감정을 굳이 확대 해석하지 않는 것이다.

나는 부정적인 감정이 생기면 그걸 곱씹는 대신 그냥 움직이는 편이다. 보통은 밖으로 나가 걷거나, 가볍게 스쿼트를 한다. 다른 사람들에게도 그렇게 하기를 권한다. 아침에 일어나 스트레칭하기, 10~20분 가볍게 걷기 정도면 정말로 충분하다. 대신 운동을 하기 전에는 한 가지 다짐을 해야 한다. 바로 '나에게 집중하겠다'는 다짐이다.

나에게 집중하지 않고 걷는 것과 집중해서 걷는 것 사이에는 엄청난 차이가 있다. 바닥을 디딜 때마다 지면과 닿는 발바닥의 부위, 뒤꿈치부터 발가락으로 연결되는 움직임, 발목의 느낌, 호흡을 할 때마다 들어왔다가 나가는 공기, 바르게 서있는 척추, 흔들리는 팔의 리듬감…. 나는 혼자 걸을 때면 이런 것들을 생각한다.

단순히 몸을 움직이는 것이 아니라 움직임에 집중을 하다 보면 우리의 뇌는 그쪽으로 에너지를 쓴다. 자연히 마음의 문제에는 신경을 덜 쓰게 된다. 몸을 움직이면서 기분을 조절하는 방법이란 이렇듯 약간의 수를 쓰는 것이다. 집중력을 몸에 사용하는 동안 마음의 문제는 꽤 작아진다. 아니, 적어도 대책 없이 불어나는 일은 없다.

긍정 지구력을 나누는 사람

나는 《세바시》 강연을 통해 나의 태도와 마음가짐, 습관에 있어 가장 중요하다고 할 만한 노하우를 모두 공유했다. 내게 닥친 시련을 어떻게 이겨냈는지, 나를 일으킨 원동력은 무엇이었는지. 다시 한 번 말하자면, 오늘의 심으뜸을 만든 것은 꾸준한 습관이다.

힘들어도, 괴롭고 고통스러워도 나는 꾸준히 운동했다. 아주 작은 것부터 시작해서 큰 목표까지 이루어냈다. 운동 습관은 나의 체력을 키워주기도 했지만, 정신력을 키워주기도 했다. 그 습관이 한 해, 한 해 쌓이자 몸에도 마음에도 지구력이 생겼다.

지구력이란 오랜 시간 버티고 견디는 힘이다. 우리의 인생은 길기 때문에 지구력의 유무가 매우 중요하다. 한순간에 모든 것을 쏟고 소진하는 것이 아니라 대단하지 않더라도 계속해서 에너지를 갖고 나아갈 수 있는 능력. 그것이야말로 사는 동안 예상치 않게 무너지곤 하는 몸과 마음을 일으켜 세우는 힘이다.

내 MBTI는 ENFJ-A이다. 스트레스를 받는 상황에서 측정하면 종종 ENTJ 유형으로 나오기도 하는데, 나는 ENFJ가 나를 더 잘 설명할 수 있는 유형이라고 생각한다. 스트레스가 없는 상황에서 편안한 마음으로 자연스럽게 이끌리는 항목을 선택할 때마다 ENFJ 유형이 나오기 때문이다.

이 유형을 한마디로 설명하면 '정의로운 사회운동가'다. 이 유형에 속하는 사람들은 언변이 능숙하고, 대담하며, 통솔자 역할을 잘한다. 물론 ENFJ 성향도 그 안에서 다시 무수한 갈래로 나뉘겠지만, 나는 정의로운 사회운동가라는 말이 마음에 든다.

나는 나로 인해 몸과 마음이 회복되었다는 댓글을 볼 때마다 말로 다 표현할 수 없을 만큼 큰 힘을 얻는다. 그 힘은 힘든 하루와 삶을 버티는 에너지가 된다. 나는 이 에너지를 최대한 많은 사람들과 나누고 싶다. 더 많은 경험을 쌓고 공부를 해서 훗날 많은 사람들에게 울림을 주는 강연자가 되는 것이 나의 최종 꿈이다.

한 단계 성장하겠다는 마음으로

내 인생에 첫 슬럼프가 찾아온 것은 체대입시를 준비했던 고3 시절이었다. 마이너스 체력이었던 사람이 갑작스레 말도 안 되는 수준의 고강도 훈련을 매일 했으니 몸이 고될 수밖에.

항상 밝아서 사춘기도 모르고 자랐던 나는 그때 처음으로 신경이 날카로워졌다. 매일같이 근육통에 시달리고 몸이 피곤하니까 짜증이 절로 났다. 쌍둥이 동생이 나에게 이상해졌다고 말할 정도였다. 항상 웃으며 받아주던 언니가 자꾸 짜증을 내고 정색을 하니 그럴 만도 하다.

인생의 장애물을 만날 때

너무 힘들면 엉엉 울었다. 버겁다고 느끼면 나도 모르게 눈물이 나왔다. 지금도 나는 몸과 마음이 지칠 때 엄마나 남편 앞에서 힘든 감정을 토로하며 울어버린다. 그러고 나면 한결 나아진다. 감정을 쌓아두는 대신 그때그때 표출해서 털어내는 것이다.

이십 대의 나는 다른 사람에게 눈물을 보이기 싫어서 이를 악물고 참았다. 눈물이 나오면 악착같이 숨겼다. 과거의 나는 지금과 다를 것 없는 성격이었지만, 감정을 조절하는 능력이나 마음의 여유는 부족했다. 나는 잘 기억이 나지 않는데, 언니의 말에 따르면 내가 지금처럼 자존감 높은 사람은 아니었다고 한다.

내가 어떤 결정을 하던 가족들은 언제나 나에게 애정과 관심을 주었으나 피트니스 대회에 나가겠다고 했을 때만은 가족들의 반대가 심했다. 굳이 많은 비용과 시간을 들여서 몸을 혹사시키는 일을 선택할 필요가 있냐며 의아해했다.

생애 처음으로 벌크업을 해 인생 몸무게의 최대치를 찍고, 다시 빼빼 마른 몸으로 다이어트를 했다. 대회가 있던 날 내 서포터로 함께해줬던 언니는 그런 내 모습을 전부 기억하고 있었다. 놀랍게도 나는 첫 대회에서 무려 3관왕을 차지했다. 많은 사람들에게 인정을 받는 느낌이었다.

결과가 쉽게 드러나지 않는 일에 힘들게 매달리는 내 모습이 걱정되어 이런저런 반대를 했던 가족들도 그제야 진심을 다해 응원을 해주었다. 그 후에도 힘든 일은 시시때때로 일어났지만 나는 씩씩하게 이겨냈다.

이 또한 지나가리라

유튜브 채널을 개설한 당시의 나의 마음은 처음이나 지금이나 한결같다. 누구든 부담없이 운동을 시작하고, 즐겁게 운동하면서 건강한 삶을 누렸으면 하는 마음. 그런 마음으로 최선을 다해 몸을 움직이는 동시에, 내가 가진 노하우를 공유하기 위해 많은 컨텐츠를 업로드했다.

하지만 초기에는 나를 외적으로 판단하는 사람들이 많았다. 내가 할 수 있는 건 하나뿐이었다. 내가 늘 해왔던 것처럼 열심히, 꾸준히 같은 메시지를 전하고 노력하는 것밖에는 방법이 없었다. 그렇게 2년이 지나갈 즈음 나에 대한 사람들의 선입견이 조금씩 사라지는 것이 느껴졌다.

'저 원래 언니 안 좋아했거든요. 그런데 언니 따라서 하다 보니까 진짜 내 몸이 조금씩 바뀌고 마음도 변해요. 언니가 했던 말이 무슨 뜻인지도 알 것 같아요.'

이런 종류의 댓글이 달리기 시작했다. 어떤 분은 나에게 메일을 보내기도 했다. 나에 대해 갖고 있던 편견이 자기만의 오해였음을 고백하고 열정적으로 운동을 가르쳐줘서 너무 고맙다는 인사를 담은 글이었다.

참 신기했다. 나는 변한 것이 없는데, 나를 보는 사람들이 변했다. '이 사람 말하는 것도, 운동하는 것도 예나 지금이나 똑같구나'라고 생각해주신 걸까. 나에게는 아무런 나쁜 마음이 없음을, 나의 진짜 의도를 알아주는 것 같아서 기쁘고 보람찼다. 나를 좋아하고 응원해주는 사람들이 늘어날수록 책임감도 커졌다.

《오늘부터 운동뚱》을 촬영한 뒤에는 유튜브 알고리즘을 타고 내 채널 영상을 보는 분들이 많아졌다. 하체운동과 스쿼트에 관심이 있는 기존의 구독자들과 달리 다양한 연령층이 찾아오다 보니 60대, 70대 팬도 생겼다. '으뜸 씨 덕분에 운동을 다 해본다'는 그분들의 이야기는 나에게 큰 감동이었다. 운동을 즐기지도 않았고 내가 누구인지도 몰랐던 우리 부모님 세대 어른들이 내 팬을 자처하실 때면 어쩐지 뭉클해진다.

지나고 나면 성장한다

나름의 독기와 악바리 근성으로 여기까지 오는 동안 불안하기도 하고 사정없이 흔들리기도 했다. 크고 작은 일을 겪으며 스스로 단단해지기도 했지만, 결혼을 하면서 크게 마음의 안정을 찾았다. 내 마음의 모양이 조금 더 둥글어지고, 조금 더 매끄러워졌다.

나는 항상 나에게 질문을 던졌다. 분명 누구보다 긍정적이고 진취적으로 산다고 생각하면서도 미래에 대한 확신이 없을 때면 으레 상실감이 찾아온다. 그럴 때마다 내가 아닌 다른 사람의 목소리로 '잘하고 있다, 잘될 거다'라는 응원의 말이 간절했다. 그렇게 말해준 사람이 바로 지금의 남편이었다.

모든 사람들이 나를 좋아했으면 좋겠다고 생각했던 나는 남편을 만난 뒤로 그런 욕심을 버렸다. 정작 중요한 것은 내가 알지도 못하는 군중이 아니라 내가 사랑하는 사람들의 지지와 응원임을 뒤늦게 깨달은 것이다.

이제 나에게는 가족뿐 아니라 나를 믿어주고 사랑해주는 소중한 팬들이 있다. 유튜브《힙으뜸》채널을 통해 건강한 에너지를 받고 내 영상과 함께 운동하는 유튜브 구독자들, 바로 '버금이'들이다. 100만 명이 넘는 이 사람들에 대한 나의 책임감은 다른 사람이 생각하는 것보다 훨씬 크다. 버금이라면 그냥 좋다. 그 존재만으로도 충분히 나의 에너지다. 내가 알고 있는 거라면 몽땅 가르쳐주는 것은 물론, 사랑으로 품어주고 싶은 대상이다.

지금은 남편이 나에게 놀랄 정도다. 내가 삶을 통달해가는 것 같다고까지 말한다. 힘들고 괴로웠던 경험들도 지나고 보니 성장을 위한 하나의 발판이었던 것 같다. 내가 조금이라도 더 나은 사람이 될 수 있는 계기가 된 것이다.

슬럼프는 누구에게나 찾아온다. 하지만 언젠가는 지나간다.

그렇게 힘든 시간이 지나면 누구든 한 단계 성장한다.

    스쿼트 1000개에 처음 도전한 날은 후유증이 어마어마했지만, 두 번째 도전은 수월해졌듯이 앞으로도 내 인생에 슬럼프는 몇 번이고 찾아올 것이다. 두렵지 않다고 하면 거짓말이겠지만 나를 지지하고 응원해주는 분들 덕분에 나는 어떤 시련이 와도 또 버텨낼 자신이 있다.

Part 4   으뜸체력을 완성하는
7가지 법칙

MIRACLE SQUAT ✦

〈법칙1〉
나에게 맞는 수면 패턴을 찾자

나는 잠들기 전, 다음 날의 스케줄을 꼼꼼하게 체크한다. 몇 시에 일어나 하루를 시작할지, 몇 시에 집을 나설지, 시간 단위로는 어떤 스케줄이 있는지, 이동은 어떻게 할지, 식사는 몇 시에 할지, 끼니를 챙기기 어려울 경우 어떻게 대처할지 등 대강의 계획을 세운 뒤 머릿속으로 시뮬레이션을 돌리고 필요한 짐까지 전부 챙기고 나서야 잠자리에 든다.

이렇게 촬영 준비를 하다 새벽 늦게 잠드는 날에는 다음날 아침 일찍 일어날 생각에 바짝 긴장해서 얕은 수면을 취하게 되는 날이 많다. 당연히 다음 날 스케줄을 소화하는 내내 피곤과 힘든 사투를 벌인다.

처음엔 그저 잠이 부족해서 피곤하다고만 생각했다. 억지로 잘 시간을 만들고 자야 다음 날 피곤하지 않을 거라고 여겼다. 하지만 많이 잔 날에도 다음 날 컨디션이 월등히 나아지지 않았다. 오히려 더 피곤했던 날도 많았다. 결국 난 수면의 양이 그날의 피로도를 결정하는 건 아니라는 당연한 사실을 몸소 경험한 뒤에야 깨달았다.

대신 불규칙한 일과를 최대한 건강하게 소화하고자 애쓰는 동안 나는 자기 직전에 생각한 것들, 전날의 마음가짐이 다음 날 컨디션에 엄청난 영향을 미친다는 사실을 깨닫게 되었다. 그 이후로는 자기 전 긴장감을 내려놓고 좀 더 편한 상태로 잠에 드는 훈련을 했다.

훈련이라는 건 간단하다. 예를 들면, 늦게 잠자리에 들면서도 잠을 충분히 잘 수 없다는 사실에 너무 스트레스를 받거나 짜증을 내지 않기로 마인드셋을 하는 거다. '4시간밖에 못 잔다니…' 라고 생각하기보다는 '4시간이라도 잘 수 있어 다행이야!'라고 생각을 바꿨다. 별 거 아닌 거 같겠지만 생각을 바꾸는 일은 무의식의 흐름에 긍정 신호로 작용한다. 덕분에 요즘의 나는 3~4시간, 짧은 수면을 취하더라도 숙면을 취하고 있다.

그리고 한 가지 더, 수면 패턴을 재정비했다. 돌발 상황이 많이 생기는 직업인지라 매일 같은 시간에 자고 일어나는 것이 불가능했지만 가능한 한 나만의 평균적인 수면 패턴을 찾으려고 노력했다. 그래야만 짧게 자더라도 질 좋은 잠을 잘 수 있으니까. 점차 시간차를 줄이며 내 일상에 최적화된 수면 패턴을 찾으니, 실제로 생활에 변화가 찾아왔다. 무리해서 더 늦은 시간까지 일하지 않게 되었고, 언제 잠이 들더라도 일어나는 시간은 점차 비슷해졌다. 내 일상에 규칙이 생겼다. 이제 적어도 잠 때문에 하루의 컨디션을 망가뜨리는 일은 잘 생기지 않는다.

그래서 나는 운동을 하겠다는 사람들에게 운동을 하는 것만큼이나 규칙적인 수면 패턴을 정하고 유지할 것을 강조 또 강조한다. 자는 것, 쉬는 것, 먹는 것까지가 운동이라는 말은 우스갯소리가 아니다. 모든 것이 조화롭게 흘러가야 진짜 운동의 효과를 느낄 수 있다.

운동을 충분히 했더라도 휴식이 불충분하면 즉, 잠을 제대로 자지 못하면 체력이 더디게 향상될 수밖에 없다. 충분한 잠은 체력을 유지하고 키우는 데 매우 중요한 요소이기 때문이다. 그렇다고 체력 증진을 위해 무작정 많이 자는 것은 해답이 아니다. 지나치게 많은 잠은 뇌졸중과 같은 심혈관계 질환을 유발한다는 연구 결과도 있다. 중요한 건 자신에게 최적화된 충분한 수면 시간을 찾는 일이다.

그렇기에 우리는 나만의 수면 패턴을 찾아야 한다. 운동을 많이 해보지 않은 사람이라면 더더욱 자신의 패턴을 찾고 지키는 연습이 필요하다. 운동 시간을 많이 늘렸는데도 여전히 피곤하고 몸이 축 늘어진다면 먼저 자신의 수면 패턴에 문제가 있는지부터 점검해보길 바란다.

그렇다면 수면 패턴은 어떻게 정하면 될까? 운동으로 인해 찾아오는 긍정적인 효과들을 놓치고 싶지 않다면 우선 자신의 일상을 규칙적으로 정돈할 필요가 있다. 적어도 취침시간, 기상시간, 식사 시간대 정도는 충분히 조절할 수 있을 것이다. 아무리 불규칙적인 생활, 업무에 치이고 있다 하더라도 분명 자신에게 맞는 패턴이 존재한다.

밤 11시에 자서 새벽 6시에 일어나는 직장인, 새벽 2시에 자서 다음 날 오전 11시에나 하루를 시작하는 프리랜서 등 아무리 들쑥날쑥한 스케줄로 하루를 산다고 해도 스스로 인지하지 못할 뿐 우리는 무의식적으로 행해지는 패턴에 의해 하루를 보내고 있다.

그러니 우선 자신의 패턴을 찾는 연습을 하자. 짧게는 2~3주, 길게는 한 달간의 기간을 두고 자신의 패턴을 기록해본다. 이후 먹는 시간, 자는 시간, 일어나는 시간에 어느 정도 윤곽이 잡히면 이제 운동 스케줄을 체크한다. 기존의 일과를 정돈해나가면서 그 사이에 운동 스케줄을 넣어야 더 효율적인 운동 효과를 얻을 수 있다.

기억하자. 언제나 중요한 것은 자기만의 수면 패턴을 찾는 것이다. 하루를 활기차게 보낼 수 있는, 너무 과하지도 적지도 않은 수면 시간을 확보할 것. 이왕이면 규칙적인 시간에 자고 일어나며, 좋은 기분으로 잠자리에 들어 숙면할 것. 이것이 내가 생각하는 건강한 수면의 법칙이다.

〈법칙2〉
초절식 대신 조절식이 필요하다

"나는 초절식이 아닌 조절식을 하는 사람입니다."

내가 식단과 관련한 브이로그를 찍을 때마다 자주 하는 말이다. 초절식과 조절식, 비슷해 보이지만 몸에 미치는 영향에는 매우 큰 차이가 있다.

극한의 다이어트를 즐기는 사람들은 대부분 먹는 양을 대폭 줄이는 경우가 많다. 당장 먹는 양이 줄어드니까 살이 빠지고 몸이 가벼워지는 느낌이 들어 이 다이어트는 성공적이라고 생각한다. 그래놓고 먹은 게 별로 없어서 기운이 없다고, 배고파서 잠이 안 온다고 내내 하소연한다. 배고프니까 예민해지고 예민해지니까 매사 신경질이 나 있다. 기운이 하나도 없고 조금만 움직이면 금세 피로하다. 이런 다이어트를 반복하면서 내게 "왜 저는 살이 안 빠지는 걸까요?" 하고 질문을 던지면 나는 항상 이렇게 답한다. '기운이 없을 정도로 먹는 양을 줄이는 건 건강한 다이어트가 아니다'라고. 허기로 인해 스트레스가 누적되고 있다면 이미 몸과 마음의 밸런스는 깨진 것이다. 몸은 배고프다고 제발 최소한의 영양만이라도 넣어 달라 아우성치는데, 그 소리를 외면하는 건 결국 스스로를 괴롭게 만드는 일이다.

식이조절은 말 그대로 '조절'이어야 한다. 6시 이후로 아무 것도 먹지 않거나, 하루 운동은 두 시간씩 꼬박꼬박 하는데 칼로리 섭취는 800kcal 미만으로 제한한다거나, 탄수화물을 절대적으로 차단하는 등 극단적이며 영양이 편중된 식단은 당장 중단해야 한다. 당장 체중은 줄어들겠지만 영양불균형으로 건강에 이상신호가 켜지기 때문이다. 피부가 푸석해지고 탈모가 생기며 일상생활을 버틸 에너지가 소진되어 급격히 피로해진다. 가장 큰 문제는 요요다. 식단 조절로 인한 다이어트는 오래가지 못한다. 한 번 먹기 시작하면 그간 억제했던 식욕이 폭발하면서 걷잡을 수 없는 길을 가게 된다.

앞서 언급한 6시 이후 금식을 예로 들어보겠다. 아마 식단을 조절하는 다이어트 중 제일 많이 시도하는 방법일 것이다. 6시 이후 금식을 강행하려면 늦어도 밤 10시에는 자야 그나마 다이어트 효과를 볼 수 있다. 밤 10시가 넘으면 식탐 호르몬(식욕촉진 호르몬)으로 불리는 그렐린 호르몬(Ghrelin Hormone)의 분비량이 늘어나 배고픔에 온 신경이 집중되어버린다. 그렐린 호르몬은 우리가 보통 끼니를 챙겨 먹는 시간에 많이 분비되는데, 저녁 6시가 지나면 양이 적어졌다가 10시부터 늘어나기 시작해 새벽 1시까지 계속해서 증가한다. 이 시간에 입이 궁금하고 야식이 떠오르는 것은 우리의 몸이 호르몬의 지배를 받기 때문이다.

물론 자신의 수면 패턴이 밤 10시에 취침하고 새벽 6시에 기상하는 것이라면 나쁘지 않은 다이어트 방법이긴 하다. 하지만 문제는 대부분 그렇지 않다는 것에 있다. 게다가 식이조절과 운동을 동시에 진행하고 있다면 상황은 더 심각해진다. 운동에 집중할 수 있는 에너지가 부족하고, 운동 후에는 충분한 영양보충이 이루어지지 않아 운동 효과가 떨어진다. 체력이 좋아질 리도 없다. 당장 체중은 줄어들지 몰라도 건강을 비롯해 운동으로 얻을 수 있는 효과들은 모두 놓치게 된다는 사실을 잊어선 안 된다.

한편 어떤 사람은 디톡스를 목적으로 며칠간 단식을 감행하기도 한다. 하지만 독소와 노폐물 제거, 개인 수련, 신체의 휴식 등 단식을 통해 진짜로 얻어야 할 긍정적인 효과를 얻는 사람은 극소수뿐이다. 대다수는 단순히 체중을 감량하기 위한 수단 중 하나로 단식을 선택한다. 그러다 보니 결국 단식을 통해 얻게 되는 건 다이어트와 음식에 대한 강박이다.

'다이어트는 평생 하는 것'이라는 말이 있다. 실제로 다이어트에 성공한 사람 중 10년간 그 상태를 계속 유지하는 사람은 백 명 중에 한 명도 되지 않는다고 한다.

막연하게 시작한 다이어트는 실패를 거듭할수록 그 끝이 보이지 않는 법이다. 짧고 굵은 다이어트는 없다. 짧게 진행한 다이어트일수록 요요가 찾아 올 확률이 높다. '쉽고 빠른' 같은 현란한 수식어로 무장한 다이어트의 유혹을 이겨내고 좀 더 멀리 내다볼 줄 아는, 나를 위한 다이어트를 하는 사람들이 많아지길 간절히 바란다.

**심으뜸 조절식

나는 먹는 것을 좋아한다. 음식 자체에 관심이 많은 미식가이 자 대식가다. 꿔바로우, 떡볶이, 치킨은 내가 너무 사랑하는 먹 거리다. 하지만 이런 것들을 매일 같이 즐겨 먹지는 않는다. 매 주 촬영 스케줄을 소화해야하는 나에게 '관리'는 필수이기 때문 이다. 발등에 불이 떨어지기 전, 입에 좋은 음식과 몸에 좋은 음 식을 적절히 균형 있게 챙겨 먹는 편이다.

예를 들어, 저녁 약속이 있는 날에는 아침과 점심에 되도록 가벼운 음식을 골라 먹는다. 저녁식사를 더욱 편안한 마음으로 즐기기 위해서다. 저녁을 지나치게 많이 먹은 날에는 다음 날 아침과 점심을 가볍게 먹으려고 한다. 요거트볼, 식사대용 쉐이 크, 샐러드 종류를 먹기도 하고, 소화 상태에 따라 한 끼를 건너 뛰기도 한다. 내 식단은 생리 전이나 후, 하루 운동량에 따라서 도 달라진다. 유지어터인 나의 식단 원칙은 먹는 즐거움을 최대 한 누리되 몸과 마음의 상태를 건강하게 유지하는 것이다.

평소에 정해두고 먹는 식단이 있는 것은 아니지만, 다이어트 하면서 식단을 고민하고 있는 분들을 위해 건강을 해치지 않으 면서도 체중 관리에도 도움이 되는 일주일 식단을 공개해본다.

	월요일	화요일	수요일	목요일
아침	새우아보카도 샐러드	그릭요거트 견과류 각종 토핑	두부샌드위치	흑임자선식 제철과일
점심	현미밥 부채살 구이 구운 야채	달걀김밥 (달걀+크래미 +백김치)	참치김밥 (참치+현미밥 +상추)	닭가슴살샌드 위치
저녁	두유리조또 미니샐러드	소고기샐러드	부채살 구이 삶은 감자 구운 야채	아보카도명란 비빔밥

	금요일	토요일	일요일
아침	요거트볼 (바나나+블루 베리+견과류)	두부유부초밥 당근주스	아보카도샌드 위치 (달걀+새우)
점심	현미밥 고등어구이 밑반찬	바나나요거트볼	월남쌈
저녁	리코타샐러드 달걀 고구마	훈제오리 현미밥 상추쌈	두부면파스타

메뉴는 지루하지 않도록 다양하게 구성했고, 섭취량은 일부러 적지 않았다. 대체 얼마만큼 먹어야 하냐는 질문이 많은데, 본인의 체중과 다이어트 목표, 운동량에 따라 각자가 알맞게 조절하면 된다. 너무 지나치지도 부족하지도 않게. 다이어트를 하겠다면서 모든 식사를 배가 터지도록 먹는 사람은 없겠지? 없길 바란다.

이 식단에서 중요한 포인트는 직접 메뉴를 구성하는 것과 직접 메뉴를 만드는 것이다. 처음엔 귀찮을 수 있지만 식사량과 식욕을 조절하는 데 상당한 도움이 된다. 재미는 덤이다. 일주일 식단은 하루 세 끼를 기준으로 제공했지만 평소 식습관, 업무 환경에 따라 메뉴 구성을 조금씩 변경하거나 끼니를 조절할 수는 있다.

이 식단을 100% 그대로 지킬 필요는 전혀 없다. 현미밥과 육류나 생선, 그리고 채소가 어우러진 밥상도 좋고, 새로운 메뉴도 좋다. 샐러드의 재료도 다양하게 바꿔보자. 파스타를 먹되 면만 통밀이나 두부면으로 바꾸는 방법도 있다. 자유식을 하는 요일을 정해두는 것도 아주 좋은 방법이다. 주말 하루, 한 끼는 평소 좋아하던 음식을 적당히 즐기고 다시 건강한 식단으로 돌아오면 된다.

게다가 나는 꼭 삼시 세끼를 먹어야 한다고 생각하지 않는다. 자신의 생활에 맞춰 규칙적인 식이 패턴을 만들어 지키면 된다. 교대 업무나 삼교대 업무를 하는 사람들은 깨어 있는 시간을 기점으로 세 끼를 나눠도 좋고, 두 끼만 먹어도 괜찮다. 체력을 많이 필요로 하는 일을 한다면 정해진 끼니 외에도 영양가 있는 간식을 챙기면 좋다.

　음식은 나를 위해 먹는 것이다. 만들어서 먹든, 사서 먹든 내 몸과 마음의 건강을 위한 투자다. 음식을 먹는 일은 몸에 영양을 주고 운동의 효과를 높이기도 하지만, 무엇보다 우리에게 심리적인 만족감을 준다. 그 행복을 포기하지는 않았으면 좋겠다. 음식을 먹는 일을 내 몸에 긍정적인 기억으로 남기기를 바라는 마음이다.

운동에도 플랜B를 준비하자

나는 아침에 눈을 뜨자마자 두 팔을 머리 위로 올려 기지개를 켠다. 손가락 끝부터 발가락 끝까지 꼼꼼하게 몸을 늘려준다. 이어서 바로 스트레칭을 한다. 시간이 없으면 간단하게 할 때도 있지만, 건너뛰는 법은 없다. 교통사고를 당한 이후로 컨디션이 좋지 않은 날이면 일어나자마자 척추가 뻣뻣하게 굳는데, 이 느낌은 나를 괴롭게 한다. 그래서 아침마다 척추의 컨디션을 살피고 풀어주는 것이 내 몸을 챙기기 위한 나의 최소한의 노력이자 습관이다.

잠자리에서 일어나면 물을 한 잔 마신다. 내가 이상적으로 생각하는 아침 일과는 10분간 호흡명상을 한 뒤 필라테스를 하는 것이다. 나를 움직이게 하는 호흡기전과 척추를 돌보는 일은 생각보다 어렵지 않은데 비해 그 효과는 꽤 크다. 목, 어깨의 긴장이 풀리고 몸이 개운해진다. 기분이 좋아지고 활력 있게 하루를 시작하게 된다. 여기까지가 나의 아침 루틴이다. 나는 매일 아침 가벼운 운동으로 하루를 시작하지만 매일 동일한 루틴으로 운동을 하진 않는다. 매일의 스케줄이 다르고 써야 할 에너지가 다르기 때문이다. 매일 같은 루틴으로 운동하다가는 자칫 스케줄을 소화하는데 무리가 올 수도 있고 강박이 생길 수도 있다.

그럴 경우에 나는 플랜B 카드를 꺼낸다. 매일 루틴을 지키는 것에 집착하지 않고 때에 따라 유연하게 계획을 변경하는 것이다. '오늘은 아침에 시간이 많으니까 저녁 운동을 줄이고 아침 운동을 많이 해둬야겠다.', '오늘은 너무 바쁘니까 아침 운동만 간단히 하고 대신 틈이 나면 무조건 스쿼트를 해야겠다.' 운동은 내 몸을 지키고 하루를 살아낼 거뜬한 체력을 갖추기 위해 하는 것이지, 반드시 해야만 하는 강박이 되어서는 안 된다. 그러기 위해서는 운동에도 플랜 B가 필요하다.

너무 완벽하게 계획을 세우고 실천하려다 보면 오히려 쉽게 포기하게 된다. 성실하게 운동을 하다가도 어쩌다가 하루 빼먹거나 제대로 하지 못했다는 이유로 '망했다' 하면서 주저앉아버리는 사람이 의외로 많다. 하루쯤 운동을 안 하면 어떤가, 그렇다고 해도 내 몸은 절대 크게 달라지지 않는다. 운동을 이틀 정도 쉬었다면 그 다음 날 운동을 좀 더 열심히 하면 되는 거다. 어렵게 생각하지 말고 단순하게 생각하자. 운동은 스트레스의 대상이 아니라 내가 평생 함께 끌고 가야할 즐거움의 대상이 되어야 한다.

포기하지 말고 어떤 방식으로든 시도할 것. 안 되면 플랜 B를 꺼내들고 플랜 C도 준비할 것. 그러면 어떤 상황에서든 운동을 할 수 있다. 이것이 내가 운동을 꾸준히 해온 방식이자 지금의 체력을 만든 비법이다.

숫자, 얽매이지 말고 현명하게 이용하자

예전에 동생과의 여행 중에 광고 촬영이 잡힌 적이 있었다. 당시 신나게 맛집 투어 중이었는데 바로 이틀 뒤 촬영이라니, 내겐 좋은 소식이자 기회였지만 꽤 난감한 상황이었다. 여행에서 신나게 먹는 바람에 체중이 늘었고, 생리도 막 시작된 터라 컨디션 또한 그리 좋지 못한 터였다. 촬영까지 남은 시간은 이틀, 이 시간 동안 무엇을 어떻게 해야 할지를 고민하기 시작했다.

안타깝게도 할 수 있는 일은 그리 많지 않았다. 가장 쉽고 빠른 방법은 무작정 굶는 것이었는데, 이 방법은 애초에 선택지에서 지웠다. 굶으면 체중은 내려가겠지만 컨디션이 망가진다. 그렇게 내 몸을 망가뜨리면서까지 억지로 몸을 만들고 싶지는 않았다. 대신 오전에는 공복 유산소 운동을 하고, 칼로리가 낮은 식사대용 쉐이크를 아침 겸 점심으로 챙겨 먹었다. 오후에는 고강도 운동과 유산소 운동을 한 번 더 하고, 건강한 메뉴로 평소 식사량의 절반만 먹었다.

맘껏 쉬고 맘껏 먹기 위해 떠났던 여행이었는데, 여행의 모든 일정이 촬영 준비를 위한 기간으로 바뀌었다. 이틀간 식사량을 조절하고 틈새운동을 병행한 결과 다행스럽게도 내 몸은 여행 이전의 몸으로 돌아왔다.

광고 촬영은 아침 6시에 시작해 밤 10시까지 이어지는 강행군이었다. 아마 내가 급하게 살을 빼기 위해 굶기를 선택했다면 촬영 당일, 나의 일정을 제대로 소화할 수 없었을 것이다. 밝은 표정과 활기찬 목소리, 다양한 운동 동작을 시연해야 하는 상황에서 배가 고픈 채로 16시간을 넘게 버텼다면 촬영 결과물은 만족스럽지 못했을 거다. 화면 속 운동 크리에이터로서 건강한 다이어트를 강조하는 내가 지친 내색이나 기운 없는 모습을 내비친다면 얼마나 모순적일까. 나는 항상 이점을 염두에 두고 있다. 내가 말하는 것을 실제로 지키고 이어가려고 한다. 그래야만 나를 보며 운동하는 많은 사람들이 진심으로 동기를 얻고 운동해 나갈 수 있을 거라 생각한다.

여러 번 얘기했듯이 나는 유지어터다. 나는 늘 52~53킬로그램의 체중을 유지하고 있다. 이 체중을 유지할 때 가장 에너지가 넘치고 컨디션이 좋다는 것을 스스로 알기 때문에 체중이 더 늘거나 줄어드는 것을 원하지 않는다. 나는 체중으로 내 컨디션을 짐작할 수 있다.

다이어트의 목표를 체중 줄이기로 정하고 매일 아침 체중계위에 숫자를 초조하게 바라보는 사람들에게 내가 항상 하는 말이 있다. 바로, 숫자에 얽매이지 말라는 것이다. 다이어트를 하면서 숫자를 신경 쓰지 말라니, 참 어렵다. 하지만 어쩌겠는가,

체중 자체는 크게 중요하지 않다는 게 정말 사실인 걸. 체중감량으로 얻을 수 있는 장점은 많지만 무작정 한 달 만에 8~10킬로그램을 감량했다고 해서 겉모습과 안색이 훨씬 더 나아지거나 신체적으로 건강해졌다고 할 수는 없다. 몸에 좋고 보기에도 좋은 체중은 사람마다 다르기 때문에 자신의 적정체중을 찾고 그 체중을 유지하며 체력관리에 집중해보자.

　나는 체중계의 숫자와 스트레스를 엮지 않는다. 내 상태를 인지하고 조절할 수 있는 지표로만 활용할 뿐이다. 체중이 줄면 더 잘 챙겨먹으면서 면역력이 떨어지지 않도록 관리하고, 체중이 늘면 평소보다 외식이나 배달 음식을 줄이고 운동량을 늘린다. 누구보다 먹는 행복을 즐기는 나였고, 조절을 통해 관리하는 삶을 지향하기에 따로 식단을 정해두지 않았다. 내 스스로 기준점을 두고 조절하며 관리하는 것이 최선의 방법이다.
　내가 제시하는 방향이 옳다고 생각하는 사람도 있고 아닌 사람도 있을 것이다. 이 방향과 방법이 옳다고 생각하는 사람도 실행으로 옮기는 사람과 그렇지 않은 사람으로 또 나뉜다. 무엇이든 상관없다. 수단과 방법을 가리지 않고 유행하는 다이어트를 경험해보고 싶다면 그렇게 해도 좋다. 믿지 않는 이들에게 무조건 내 방법만을 강요하고 싶지는 않으니까.
　다이어트에 강요는 절대 통하지 않는다는 걸 누구보다 잘 안다. 다만, 살을 빼고 싶은 다급한 마음에 자극적이고 극단적인 방법을 선택하진 않길 바라는 마음이다. 그 결과로 얻는 책임의 값은 생각보다 클 테니까.

바디프로필 열풍, 우리의 눈과 귀를 자극하는 사진과 외모지 상주의를 넘어선 외모차별주의. 세상은 점점 더 많은 숫자로 우리를 압박한다. 운동과 다이어트를 하던 중 숫자 때문에 스트레스를 받은 경험이 있다면 되도록 숫자를 더 멀리 두길 권한다. 적어도 거울 속 내 모습이나 내면의 모습에 조금은 변화가 생기기 전까지는 말이다.

나라고 시행착오가 없었을까. 나 또한 오랜 시간 수많은 경험을 통해 깨우친 바를 솔직하게 알려주는 것이다. 영상과 책을 통해 사람들을 건강한 삶으로 이끄는 것이 나의 일이자 사명이라고 생각하기 때문이다. 모두에게 계속 같은 곳에 서서 같은 곳을 바라보면서 같은 이야기를, 같은 방법을 안내해줄 것이다. 그리고 기다려줄 것이다. 더 많은 사람들이 건강한 방향으로 움직일 때까지.

명상으로 내 몸과 마음의 상태를 알아차리자

내가 나의 에너지를 잘 조절해가며 지낼 수 있는 비결은 바로 '알아차림'에 있다. PART2에서도 언급했지만, 알아차림은 사실 한두 줄의 문장으로 짧게 설명하기 어려운 내용이다. 우선 '나'라는 사람을 있는 그대로 받아들이는 정도로만 이해하면 좋겠다.

알아차림을 위한 가장 좋은 방법은 '명상'이다. 보통 명상이라 하면 자신의 내면에 몰입하는 행위를 뜻하는데, 그래서 사람들은 제일 먼저 조용한 곳에서 눈과 귀를 닫고 정신을 집중한 채 앉아 있는 모습을 떠올린다. 하지만 나는 일상에서 틈틈이 다양한 형태의 명상을 시도한다. 일을 하다가는 물론이고 걷거나 산책을 할 때, 차에서 내리기 전 조용히 명상한다. 명상을 하면 급했던 마음이 차분해지고 서서히 안정감을 찾을 수 있다.

명상에는 자신의 의식과 호흡을 한곳에 모으는 '집중 명상'과 마음에서 일어나는 생각과 감정을 자유로이 놔두고 관찰하는 '관조 명상'이 있는데, 어느 쪽이든 지친 몸과 마음을 다스리는 데 도움이 된다. 장소가 중요한 것도 아니고, 방법이 중요한 것도 아니다. 실제로 걷기나 그룹 명상, 무술을 수련하며 하는 등 다양한 명상법이 존재한다. 꼭 한 가지 방식에만 얽매일 필요는 없다.

명상을 하면 좋은 이유는 크게 두 가지가 있다. 첫 번째는 '나에게 집중할 시간을 가질 수 있기' 때문이다. 나는 바쁜 일정 중에도 중간 중간 시간을 내서 명상을 한다. 단 몇 분이라도 상관없이 오로지 내 생각, 내 의식에 집중하는 시간을 가지려 한다. 그 시간을 통해 욕구나 감정 같은 내면뿐 아니라 그것과 연결되어 있는 신체의 흐름을 세밀하게 살핀다. 매일, 그리고 매순간 조금이라도 평소와 다르게 느껴지는 부분이 있다면 거부하지 않고 그 현상을 있는 그대로 받아들이기 위함이다. 나에게 집중하되, 나의 시선으로만 나를 바라보면 그 안에 갇히기 쉽다. 때로는 다른 사람이 된 것처럼 나에게서 한 발짝 멀어져 생각해 보는 것이 좋다.

지금 나의 감정이 어떤 것인지, 그 감정은 어디로부터 온 것인지, 혹시 몸이 어딘가 불편해서 마음도 평소와 다른 것은 아닌지, 아니면 마음의 불편함으로 몸이 개운하지 못한 것인지….

명상이 좋은 두 번째 이유는 '정리'다. 나는 언제나 해야 할 일이 너무 많다. 방심하는 순간 온갖 업무와 의무, 약속들이 뒤엉켜버릴 것만 같아 늘 신경을 곤두세운다. 가끔은 그 책임감에 짓눌리는 느낌이 들 때가 있다. 그럴 때면 엉켜있는 실타래를 풀듯 명상을 통해 머릿속을 정리하는 시간을 갖는다. 아침에 일어나서, 사무실에 앉아 있다가, 주차하고 차에서 내리기 전 등 다양한 곳에서 잠시 눈을 감은 채 그날의 남은 일들, 그리고 다음 날의 일정에 대해 생각하는 시간을 갖는다. 내 속에 들어찬 긴장감과 부담감, 부정적인 감정까지 들여다본다. 그것을 억지로 없애기보다는 그럴 수 있다고 인정하고 다독인다. 별것 아닌 것 같은 이 시간들은 내 마음을 편안하게 하고, 나에게 닥친 일들에 차분히 대응할 수 있는 힘을 준다. 틈틈이 나를 살피면 나에게 무엇이 필요한지, 어떤 정리가 필요한지 금세 찾아낼 수 있다.

재미있는 건 운동을 하면서도 명상을 할 수 있다는 것이다. 스쿼트를 예로 들어보자. 스쿼트를 처음 하는 사람들은 고개를 갸우뚱한다. "원래 허벅지가 아픈 게 맞나요?" "엉덩이근육을 쓰고 싶은데 아무 느낌이 없어요." 평소 많이 사용하지 않았던, 그래서 잘 느끼지 못했던 근육을 쓸 때는 정확한 자세를 잡는 것만큼이나 내가 사용하려는 목표 근육에 집중하는 것이 중요하다.

그러기 위해서 나는 호흡을 강조한다. 몸을 움직이되 의식은 온전히 호흡에만 집중시킨다. 이 상태로 서서히 내 몸 구석구석의 움직임을 차분히 느껴본다. 뻐근한 곳은 어딘지, 저린 곳은 없는지, 허리가 반듯하게 세워지는 느낌이 나는지, 배꼽 주변 단단한 중심부의 힘을 사용하는, 양쪽 엉덩이의 무게감이 다르지는 않은지 등을 꼼꼼히 체크한다. 이 과정 역시 명상이다. 현재의 상태에 머무르는 것, 스쿼트를 하는 주체인 나에게만 집중하는 것. 그래서 나는 이것을 '스쿼트 명상'이라고 부른다.

나는 명상 전문가는 아니지만 많은 사람들이 다양한 방식으로 명상의 즐거움을 경험해보았으면 한다. 나 스스로도 명상이 내 몸과 마음에 주는 이로움을 경험해보았기 때문에 더더욱 추천하고 싶다. 방법도 전혀 어렵지 않다. 지하철에서 휴대폰을 보는 대신 잠깐만 눈을 감고 명상을 시도해보자. 틈새 시간을 소모적인 일로 낭비하는 대신 나를 위한 귀한 순간으로 만들어보자. 명상과 함께하는 삶은 나를 알아가고 나를 아끼는 가장 좋은 방법 중 하나다.

<법칙6>

기억하지 말고 기록하는 습관을 들이자

밤이 되면 그날 있었던 일들을 되돌아보게 된다. 기쁘거나 실망스러웠던 일, 누군가와 나눈 대화, 가장 크게 웃었던 순간 등을 떠올리다 보면 별다른 게 없었던 것 같은 하루도 실은 특별했다는 생각이 든다. 그리고 가장 기분 좋았던 일을 하나 노트나 휴대폰 메모장을 열어 단 한 줄이라도 기록한다.

기록은 내가 무척 즐기는 일이자 정돈된 삶을 위한 하나의 의식이다. 나는 어릴 때부터 무엇이든 계획하고 정리하기를 좋아했다. 대학에 다니던 시절에는 매일 공강 시간을 어떻게 보낼지 한 시간 단위로 계획을 세웠었다.

트레이너로 일하는 동안에는 항상 타임테이블을 만들어 활용했다. 회원들을 가르치는 시간 외에 매일 나에게 주어지는 시간을 파악하고, 그 시간에 무엇을 할지 미리 계획을 세워 실천했다. 지금도 이 습관은 이어지고 있다. 할 일을 적어두면 갑자기 비는 시간이 생겨도 계획대로 사용할 수 있다. 그 계획이 그저 휴식이라 할지라도 별 생각 없이 휴대폰을 들여다보면서 그냥 흘려보내는 것과 몸과 마음을 이완시켜 편안하게 해주는 것은 전혀 다르다.

물론 나도 계획한 일을 늘 철저하게 해내는 것은 아니다. 스케줄이 끝난 뒤 운동을 하려고 계획했는데 일을 하면서 에너지를 모두 소진하는 바람에 아무것도 못할 때도 있었고, 컨디션이 좋지 않아서 그날 하려고 마음먹었던 일을 다음 날로 미룰 때도 있었다. 하지만 그저 생각만 하고 있는 것보다 할 일을 기록해뒀을 때 그 일이 실천으로 이어질 확률은 훨씬 높다. 이건 사실이다.

무엇보다 기록은 아주 유용한 정보가 된다. 막연하게 생각하고 있던 것들도 글자라는 형태가 되어 나타나면 달리 보인다. 운동을 시작하는 사람에게 운동일지를 쓰라고 하는 이유도, 다이어트를 원하는 사람에게 식단일지를 쓰라고 하는 이유도 여기에 있다. 나는 일대일로 상담을 진행할 때 자신이 그간 해왔던 다이어트 경험, 운동량, 식습관, 수면패턴까지 자세하게 적어보라고 권하곤 한다. 식습관의 경우 음식의 종류뿐 아니라 언제 얼마만큼의 양을 먹었는지, 그걸 먹고 나서 포만감이 어느 정도였는지 기록해보면 운동 계획을 어떤 식으로 접근해야 할지 파악이 쉽다. 적고 보면 내가 생각보다 너무 많이 혹은 적게 먹고있는지, 계획한 식단을 잘 지키고 있는지, 현재 식단이 나에게 잘 맞는지의 여부도 점검할 수 있다. 그런 알아차림의 과정이 있어야 다음 단계로 넘어갈 수 있다.

운동을 시작해볼까 고민하는 사람, 이미 하고 있지만 더욱 분명한 효과를 얻고자 하는 사람에게도 나는 '기록'을 추천한다. 처음에는 현재 내 몸의 상태를 적으면 된다. 과거 수술이력이나 다쳤던 곳이 있는지, 목이나 어깨, 허리나 무릎 등 불편한 곳이 있는지, 현재 체력 상태와 컨디션은 어떤지 솔직하게 적는다.

그런 다음 스쿼트를 10개든 20개든 해보고 나서 받은 느낌을 또다시 적는다. 그 순간의 체감 운동 강도, 자극 부위의 느낌, 통증이 느껴지는 곳이나 어려운 부분은 없었는지, 호흡량 등 무엇이든 괜찮다. 한 달이 길다고 느껴진다면 일단 일주일만이라도 기록해보자.

일주일만 적어보자는 생각으로 딱 세 번만 반복하면 금방 3주다. 하루이틀 빼먹는 날이 있더라도 괜찮으니, 포기하지 말고 최소 3주는 적어보길 권한다. 이미 눈치 챈 사람도 있겠지만 내가 3주간의 기록을 권하는 이유는 '21일의 법칙' 때문이다. 베스트셀러이자 스테디셀러인 『성공의 법칙』에 따르면 새로운 행동을 습관화하는 데는 최소 21일이 걸린다. 21일은 우리의 생각이 습관을 관장하는 뇌간까지 가는 데 걸리는 최소한의 시간이다. 그러니까 딱 그만큼만 해보는 거다.

이쯤에서 아예 이 책을 덮고 3주간 스쿼트를 지속하며 기록을 마친 뒤에 다시 책을 펼쳐도 된다. 그렇다면 당신은 이미 스쿼트와 기록이라는 두 가지를 습관으로 굳힐 수 있는 단단한 토대를 마련한 셈이니까.

이 3주간의 기록을 훑어보면 꽤 많은 정보를 얻을 수 있다. '이 날은 내가 유독 힘들어했구나.', '포기하고 싶었던 날이 이쯤이구나.', '이날은 몸이 가뿐했구나.' 이러한 것들은 기록하지 않았다면 그냥 사라져버렸을 기억이다. 특히 첫날과 마지막 날의 기록을 비교해보면 미처 몰랐거나 막연하게만 느꼈던 눈에 띄는 변화를 발견하게 된다.

첫날에는 스쿼트를 하면서 규칙적으로 호흡을 하는 것이 너무 어렵게 느껴졌는데, 이제 호흡이 조금 편안해졌다면 그것이 바로 운동의 효과다. 처음에는 팔이 너무 무겁게 느껴져서 손동작을 계속 바꾸었는데, 이제 스쿼트를 하는 동안 같은 포즈를 취할 수 있게 되었는지도 모른다. 앉아 있을 때 배에 힘이 들어가는 느낌을 받을 수도 있고, 기분 좋게 잠자리에 들게 됐을 수도 있다. 다른 운동도 해보고 싶다는 의욕이 생기는 경우도 있다. 신체적으로나 정신적으로나 고무적인 변화들이다.

누군가에게는 이런 변화들이 지극히 하찮고 사소하게 느껴질지도 모른다. 하지만 평생 모르던 것을 3주 만에 알게 된 셈이니 절대 사소한 것이 아니다. 실망하지 말고, 멈추지 않고 계속 나아가면 변화는 눈덩이가 불어나듯 커질 것이다.

다산 정약용 기념관 비문에는 이렇게 적혀 있다. "기억은 흐

려지고 생각은 사라진다. 머리를 믿지 말고 손을 믿어라." 시간이 많이 지났지만 오늘날에도 정말 필요한 가르침이라는 생각이 든다. 나 또한 기록의 힘을 굳게 믿고 있다. 조금 더 정돈된 일상, 알찬 하루, 꾸준한 동기부여를 위해서라도 오늘부터 무엇이든 기록을 시작해보는 것이 어떨까.

선택과 집중, 그리고 휴식은 필수다

아침에 일어나는 순간 느낌이 좋지 않을 때가 있다. 목이 뻣뻣한 느낌, 여기서 조금 더 무리하면 몸살과 함께 교통사고 후유증이 찾아올 것 같다는 무시무시한 기분이다. 그리고 예감은 언제나 적중한다. 그럴 때는 미리 스케줄을 살펴보면서 뺄 수 있는 것을 골라 과감하게 빼야 한다.

'선택과 집중'은 나처럼 욕심과 의욕이 많은 사람에게 꼭 필요한 요소다. 나는 해야 할 일과 하고 싶은 일이 너무 많은 사람이라 우선순위를 체크하고 상대적으로 덜 중요한 일을 잘라내지 않으면 체력뿐 아니라 감정 에너지마저 금세 동이 나고 말 것이다.

선택과 집중 뒤에 따라 오는 것은 언제나 '휴식'이다. 웬만한 스트레스는 운동으로 극복하는 편이지만, 몸과 마음에 회복이 필요하다고 판단되는 상황이라면 나는 주저 없이 '휴식'을 택한다. 잠을 넉넉하게 자거나, 재활 목적으로 필라테스를 하거나, 여행을 떠나기도 한다.

휴식이 꼭 '아무것도 하지 않는 것'만을 의미하지는 않는다. 어떤 사람에게는 좋아하는 음악을 들으면서 하는 산책이 휴식일 것이고, 어떤 사람에게는 눈을 감고 앉아 있는 것이 휴식일 것이다. 그림을 그리면서 휴식을 취하는 사람도 있고, TV를 보면서 깔깔 웃어야 비로소 휴식을 취했다고 느끼는 사람도 있다. 지금을 벗어나 잠시 쉴 수 있는 것이라면 무엇이든 괜찮다.

체력은 삶의 에너지다. 지치거나 포기하지 않고 주어진 일을 완수하는 데 꼭 필요한 연료다. 죽어라고 운동만 해서는 이 연료가 채워지지 않는다. 적당한 휴식이 뒷받침되지 않으면 운동의 효과도, 의욕도 줄어들기 때문이다. 운동보다 휴식이 더 중요하다는 말이 존재하는 이유다.

혹시 일주일 내내 운동을 하지 않으면 큰일이 날 것 같은 불안함에 시달리고 있다면 과감하게 일주일만 운동을 하지 않길 권한다. 실제로 큰일은 일어나지 않을 테니까.

휴식은 휴식으로 끝나는 것이 아니라 다시 몸을 움직일 수 있는 에너지가 되어준다. 그 에너지를 충분히 확보하고 생활에 이용하는 것은 누구에게나 중요하다. 열심히 운동하고, 충분히 휴식하자.

Part 5　　　　걸을 수만 있다면 당신도
　　　　　　　　'스쿼트' 할 수 있다

MIRACLE SQUAT +

세상에서 가장 쉬운 '스쿼트'

요즘 스쿼트를 모르는 사람은 거의 없다. 워낙 홈트(홈트레이닝)가 대중화되었고 유튜브와 같은 각종 SNS를 통해 수많은 운동 영상을 쉽게 접할 수 있는 시대가 되었기 때문이다. 시간과 비용의 구애를 받지 않고 누구나 운동을 쉽게 할 수 있게 되어 정말 기쁘게 생각한다. 하지만 이로 인해 한 가지 문제가 발생했다. 전문가의 직접적인 코칭을 받는 게 아니다보니, 부상의 위험도 함께 증가 했다는 것이다. 잘못된 자세로 운동하다 신체 부위의 통증을 호소하는 사람들이 많아졌다.

시간과 장소의 구애를 받지 않고 누구나 할 수 있는 가장 간단하고 쉬운 운동이 스쿼트다. 이 스쿼트 동작을 간단히 설명하면, 앉았다 일어나는 동작이다. 이보다 더 심플할 수 없다. 겉보기에는 만만하고 쉬워 보이겠지만, 정확한 자세로 단 한 번의 스쿼트를 수행한 뒤에 다리 힘이 풀려 주저앉는 사람들을 많이 보았다. 이렇듯 스쿼트는 자세를 어떻게 취하고 근육을 어떻게 사용하는지에 따라 운동이 될 수도 있고 부상을 초래하는 사고로 이어질 수도 있다.

스쿼트를 부상 없이 잘 해내려면 어떻게 해야 할까? 지금부터 스쿼트의 기초를 쌓아줄 베이직 스쿼트 동작에 대해 차근차근 설명하고자 한다. 어쩌면 알고 있던 내용일 수도 있고, 알던 것과는 전혀 다른 내용일 수도 있다. 내가 수천 번, 수만 번 스쿼트를 하며 실제로 경험하고 체득한 스쿼트를 정말 쉽게, 누구나 따라할 수 있도록 설명해보겠다.

걸을 수만 있다면 누구나 '스쿼트' 할 수 있다.

스쿼트 시작에 앞서

발을 어깨너비로 벌리고 발 모양은 11자가 되도록 한다. 발 끝이 무릎보다 앞으로 나가지 않게 주의하며 허리를 세운 채 엉덩이를 내려서 앉는다. 이때 허벅지는 지면과 평행하거나 그보다 조금 낮은 상태다.

오래 전부터 온오프라인에서 마주할 수 있는 기본적인 스쿼트 자세에 대한 설명이다. 신체 구조적인 관점으로 봤을 땐 어느 정도 고개가 끄덕여지지만 실제로 초보자가 위의 설명을 따라 스쿼트를 해보면 어딘가 불편함이 느껴지고 통증이 발생할 것이다. 운동은 개개인의 특성을 고려해야 한다.

사람의 몸은 저마다 다르다. 체형과 골격은 물론이고, 타고난 근육의 모양이나 크기도 다르다. 어깨너비, 골반의 크기, 근육의 길이가 모두 다른 만큼 천편일률적인 기준을 따를 수는 없으며, 따라서도 안 된다. 운동 경력과 근력의 차이도 있을 텐데 그런 모든 요소를 무시하고 흔히 알려진 동작의 설명만 고집하다 보면 신체 곳곳에 자연히 무리가 온다. 운동 초보자들이 스쿼트를 하다가 다치거나 통증을 호소하는 이유도 여기에 있다.

올바른 자세란 정해진 기준에 맞춘 자세가 아니라 내 몸에 맞는 자세를 말한다. 이는 스쿼트뿐 아니라 어느 운동이나 마찬가지다. 타깃으로 하는 근육을 분명히 자극하되 부상을 불러오지 않는 자세로 동작을 수행해야 한다. 따라서 '기본 자세'라는 말에 너무 얽매이지 않았으면 좋겠다. 운동을 시작하려 하거나 이미 하고 있는 사람 모두에게 이 말을 꼭 해주고 싶었다.

나는 베이직 스쿼트 자세에 대해 하나의 기준을 제시하기보다 '각자에게 맞는 자세를 찾는 법'을 알려주고 싶다. 그런 마음으로 스쿼트 한 개, 그 처음부터 끝까지의 과정을 소개하려 한다. 바르게 서는 것부터 시작해서 발과 손을 어떻게 하는지, 어느 부위에 자극을 느끼며 앉아야 하는지, 어떤 생각으로 일어서고 마무리를 해야 하는지를 이어서 짚어볼 생각이다.

더불어 각 단계마다 일어나야 하는 신체의 움직임과 함께 동작을 수행하며 주의해야 할 점, 필요한 마음가짐도 함께 담았다. 스쿼트를 처음 해보는 사람이라면 기초부터 탄탄히 쌓아간다는 마음으로, 이미 스쿼트를 하고 있는 사람이라면 지금의 동작을 점검하는 동시에 새로운 재미를 찾아보겠다는 마음으로 읽어주기를 바란다.

운동을 스쿼트로 처음 접한 사람들은 대체 이 동작이 어딜 강화하기 위한 운동인지 잘 인지하지 못하고 하는 경우가 많다. 하체, 그중에서도 엉덩이를 예쁘게 만드는 동작이라는 사실은 아는데, 정확히 앉았다 일어서면서 어디에 어떻게 힘을 줘야 하는지를 잘 모른다는 말이다.

운동에 앞서 자극점을 찾고 느끼는 것이 정말 중요하다. 내가 어느 부위를 강화하는 운동을 하는지 알아야 제대로 된 효과를 볼 수 있기 때문이다. 하지만 운동 초보자일수록 엉덩이 자극을 이해하는 것이 쉽지 않다.

먼저 자신의 엉덩이에 손을 대보자. 아무리 근육이 많다 하더라도 힘을 주지 않은 상태라면 엉덩이는 말캉거리는 것이 맞다. 그 상태로 양쪽 엉덩이를 서로 가까이 붙이려는 듯 의도적으로 힘을 줘본다. 앞쪽 고관절, 골반 부위가 쫙 펴지면서, 그러니까 이 부위가 열리면서 엉덩이가 조여지는 느낌이 들 것이다.

만약 아직 잘 느껴지지 않는다면 양 손바닥을 엉덩이에 댄 상태로 무릎을 2센티미터 가량 구부린다. 자연스럽게 상체를 아주 약간만 앞으로 숙인 자세가 될 것이다. 엉덩이에 힘을 준 상태로 자세를 유지하면서 열 번만 호흡해보자. 호흡을 길게 마셨다가 내쉬는 호흡에 엉덩이를 조인다. 이 느낌이 익숙해졌다면 상체만 펴고 그 상태로 다시 10번 호흡한다.

처음부터 100점짜리 자극을 느낄 수는 없는 법. 기초 동작의 반복이 쌓여 점차 근육의 감각이 키워질 것이다. 엉덩이근육을 정말 사용하고 있다는 확신이 들 때까지 100번, 200번 반복해보자. 자극점만 제대로 찾아도 운동의 절반은 익힌 셈이다.

스탠딩 Standing,
바르게 선다는 것

정면   측면

우선 편안하게 선 다음 불편하거나 경직되어 있는 곳은 없는지 가만히 느껴본다. 양 어깨의 높이가 많이 다르거나 등이 굽어 있지는 않은지, 허리를 과도하게 꺾었다거나 무릎을 과하게 펴고 있지는 않은지 살핀다.

몸의 어느 한 곳에 지나치게 힘이 들어간 부분이 있다면 그 부위를 천천히 움직여 보고 털어도 보면서 힘을 빼본다. 서서 간단한 스트레칭을 해보는 것도 좋은 방법이다.

스탠스 Stance,
편안한 발 너비 찾기

스탠스는 두 발의 위치 또는 두 발 사이의 폭을 뜻한다. 그런데 그 폭이 몇 센티미터인지는 정확히 정해진 것이 없다. 보통 양발을 어깨너비 정도로 벌리거나 그보다 약간 넓게 간격을 두라고 하는데, 가장 중요한 건 스쿼트 동작을 수행하는데 가장 편안한 너비로 간격을 두는 것이다.

자, 각자 자신에게 편한 발 너비를 찾은 것 같다면 이제 그 상태로 살짝 무릎을 구부려 앉아보자. 이때 몸이 앞으로 쏠리거나 뒤로 넘어가려 하지 않는지도 점검해봐야 한다. 무릎이 너무 불안정하게 느껴지지 않으면서 동시에 앉았을 때 편한 너비가 바로 본인에게 맞는 스탠스다. 만약 불편하다면 다시 발 간격을 조절하며 편한 위치를 찾는다. 다만 이 너비가 적어도 골반에서 어깨너비 사이에 위치하는 것이 좋다. 그보다 좁으면 안정감이 떨어진다.

잠시 골반의 정의를 짚고 넘어가보자. 사람들은 골반이라고 하면 허리보다 조금 아래, 가장 바깥쪽으로 튀어나온 부분을 떠올리지만 본래 골반은 척추를 받치고 있는 뼈를 지칭하는 용어다.

두 손을 허리춤에 올려 골반을 만져보면 앞쪽으로 튀어나온

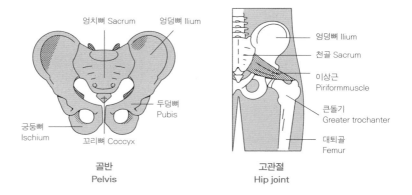

엉치뼈 Sacrum   엉덩뼈 Ilium

두덩뼈
Pubis

궁둥뼈
Ischium

꼬리뼈 Coccyx

골반
Pelvis

엉덩뼈 Ilium

천골 Sacrum

이상근
Piriformmuscle

큰돌기
Greater trochanter

대퇴골
Femur

고관절
Hip joint

엉덩뼈(ASIS, 전상장골극)를 찾을 수 있다. 그 바로 밑에 발을 둔다면 스탠스가 무척 좁아진다. 그런 상태로는 안정감 있게 앉을 수 없을뿐더러 무릎관절과 고관절에도 무리가 가서 힘들어진다.

관절에는 가동범위(ROM, Range of Motion)라는 게 있다. 관절은 두 뼈와 그 주위 근육, 인대 등이 서로 영향을 주고받으며 움직이는 부위이기 때문에 그 시스템을 잘 이해하는 것이 중요하다. 관절마다 움직일 수 있는 범위가 다른 것은 물론이고, 평소 어떻게 쓰고 관리하느냐에 따라 같은 관절이라도 가동범위가 달라질 수 있다.

관절을 지나치게 쓰지 않아서 유연성이 떨어지는 경우도 종종 있지만, 적절한 가동범위를 넘어서는 동작이나 자세를 반복하며 관절에 지나친 스트레스를 주어서도 안 된다. 지나치게 유연한 것도, 뻣뻣한 것도 관절의 입장에서 보면 좋지 않다. 관절과 가동범위 간에는 적절한 균형이 필요하다.

무엇보다도 운동 효과에 대한 욕심보다는 내 몸이 편안한 상태로 운동을 하는 습관을 들이는 것이 더욱 중요하다. 초보자일수록 더 그렇다.

발끝의 각도,
11자 대신 V자

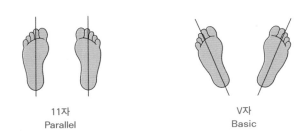

11자
Parallel

V자
Basic

자신에게 맞는 스탠스를 찾았다면 그 상태에서 뒤꿈치는 바닥에 고정한 채 앞꿈치를 바깥쪽으로 조금씩 열어보자. 위에서 내려다보았을 때 발이 11자가 아닌 V자 모양이 되도록 두는 것이다. 이렇게 발끝을 약간 열어주면 자연스레 고관절의 가동범위를 확보해, 고관절의 신전 근육들(예를 들면 엉덩이근육)을 조금 수월하게 개입시킬 수 있다.

최적의 발 각도는 사람마다 다르겠지만 스쿼트 초보자라면,

11자 대신 30~45도 정도를 이루는 각으로 V자 모양으로 만든 뒤 꾸준히 스쿼트를 진행하며 나만의 발 위치를 찾아나가면 된다. 운동도 과유불급이다. 뭐든 지나치면 미치지 못함과 같다.

발 위치보다도 더 중요한 부위는 바로 무릎이다. 발을 어디에 두었든 간에 언제나 발끝과 무릎의 방향은 같은 곳을 향해야 하며, 발목과 무릎의 위치는 수직선상에 두어야 한다. 발끝은 바깥쪽을 향해 있는데 무릎은 앞쪽으로 구부려 앉거나, 반대로 발끝은 안쪽을 향하는데 무릎은 바깥쪽을 향하게끔 둔 채 스쿼트를 진행한다면 자세가 부자연스러운 것은 물론이고, 관절과 실제 움직임이 어긋나면서 무리가 될 수밖에 없다. 스쿼트를 하면서 무릎 통증이 발생하는 이유 중 하나가 바로 이것이다. 발끝과 무릎의 방향은 항상 같아야 함을 기억하자.

무게 중심
Three point of feet

중급자, 고급자의 경우 맨몸 스쿼트뿐 아니라 덤벨, 바벨 등 무게를 이용한 스쿼트를 하기 때문에 발의 무게중심이 달라지는데, 초보자의 경우 발바닥 전체를 사용하는 훈련이 필요하다.

스쿼트 시, 발 안쪽이 뜨거나 발가락 혹은 뒤꿈치가 뜨지 않도록 발바닥의 쓰리포인트를 기억하자.

팔의 모양,
가장 쉬운 것부터

이제 양팔을 사용할 차례다. 사실 팔의 모양은 자신이 편한 자세로 두면 된다. 하지만 많은 사람들이 팔을 대체 어떻게 두어야 할지 우왕좌왕한다. 가장 기본적인 네 가지 동작을 난이도별로 설명할 테니 자신이 편한 자세를 찾아 활용해보자.

먼저 자신에게 맞는 스탠스로 편안하게 선 상태에서 양손을 합장하듯 가슴 앞으로 모은다. 이때 손바닥에 힘이 들어가거나 어색하게 느껴진다면 가볍게 깍지를 껴도 좋다. 팔의 모양은 스쿼트를 하는 동안 상체가 앞으로 지나치게 고꾸라지거나 허리가 과도하게 꺾이지 않도록, 상체가 흐트러지지 않게끔 돕는 역할을 한다.

이때 어깨가 과하게 긴장되거나 위로 솟지 않도록 주의하자. 어깨가 자꾸 올라가는 것 같다면 양손을 X자로 교차해서 반대쪽 어깨 위에 살짝 얹어도 괜찮다. 이 자세가 익숙해졌다면 그다음은 양팔을 앞으로 나란히 뻗어보자. 이 자세는 상체와 하체의 균형을 잡는 데도 좋다. 마지막으로는 양팔을 위로 쭉 뻗어 귀 옆에 대는, 일명 만세 동작이다. 이 자세로 스쿼트를 할 때는 뻗은 팔과 등, 꼬리뼈까지가 일직선이 될 수 있도록 계속해서 신경 쓰자. 양쪽 손끝을 위로 쭉 뻗는다는 느낌을 이어가면 더 좋다.

여기까지 설명했지만 사실 정답은 없다. 무엇보다도 나에게 가장 쉽고 안정감 있게 느껴지는 자세를 선택하는 것이 가장 좋다. 이것만 명심하도록 하자.

호흡,
모든 운동의 기본

손과 발의 모양, 위치를 잡았다면 이제 호흡을 할 차례다. 먼저 움직인 다음에 호흡을 얹으라는 사람도 있고, 호흡부터 한 뒤에 움직이라는 사람도 있다. 하지만 내가 설명하려는 호흡은 본격적인 동작에 앞서 몸 구석구석의 긴장을 풀어내고 코어를 다잡기 위한 준비 동작의 개념과 같다.

호흡을 할 때는 코로 들이마시고 입으로 내쉰다. 어깨부터 골반까지, 몸통을 네모 박스라고 상상하며 이 안에 공기를 빵빵하게 채운다고 생각해보자. 호흡을 길게 들이마시며 박스를 가득 채우고, 내쉴 때는 박스의 공기를 전부 밖으로 내보낸다는 느낌으로 호흡을 뱉는다. 호흡을 통해 몸이 편안해지는 기분, 전신이 유기적으로 연결되는 느낌을 찾아본다.

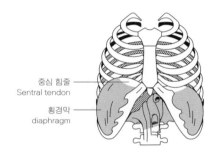

중심 힘줄
Sentral tendon

횡경막
diaphragm

의식적인 호흡은 평소 사용하지 않았던 호흡근을 사용하도록 돕는다. 호흡을 통해 몸통이 부풀다가 줄어들기를 반복하는 과정에서 불필요한 몸의 긴장들을 덜어낼 수 있고 척추를 바로 세울 수 있다. 또 호흡 시에는 가슴을 활짝 열어주는데, 가슴을 너무 과하게 내밀어 어깨가 뒤로 젖혀지거나 날개뼈가 모이지 않도록 주의한다. 쇄골뼈가 좌우로 나란히 길어지는 느낌이면 충분하다.

스쿼트를 시작하기 전, 준비동작으로 호흡을 10번만 해보자. 1개의 스쿼트를 하더라도 효율적으로 전신을 고루 사용할 수 있도록 말이다. 운동이 익숙해지면 호흡도 자연스럽게 익숙해진다. 하지만 초보자의 경우 호흡을 간과해서는 안 된다. 의식적인 호흡은 운동의 효율을 높일 수 있다.

무릎 구부리기,
1센티미터면 충분하다

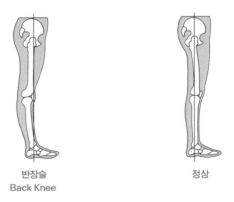

반장슬
Back Knee

정상

앉을 준비가 되었다면 무릎을 1센티미터만 구부려보자. 이렇게 해보길 권하는 이유는 가만히 섰을 때 무릎뼈가 중심으로부터 약간 뒤쪽으로 밀려 있는 사람이 많기 때문이다. 이와 같은 무릎 형태를 반장슬(Back knee), 우리말로는 '무릎의 과도한 신전'이라고 한다. 한마디로 무릎이 너무 과하게 펴져 있다는 뜻이다.

원래 무릎뼈는 해부학적인 구조상 약간 구부러져 있는 상태이다. 그런데 잘못된 생활습관이 누적되면서 자세와 체형에 변형이 오게 된다. 평소 무릎관절을 과하게 편다던가 하는 동작을 오랜 시간 반복하다 보니 뼈가 뒤로 밀려나게 된 것이다. 이 상태가 지속되면 엉덩이와 허벅지 뒤쪽 근육이 약해질 수밖에 없고, 허벅지 앞쪽 근육과 종아리의 사용은 과해질 수밖에 없다. 이대로 스쿼트를 하게 되면 무릎 관절과 주변 근육의 불균형으로 인해 운동의 효과가 떨어지게 된다.

스쿼트를 시작하기 전, 무릎을 살짝 구부리라고 말하는 이유는 무릎관절의 사용을 최소화하고 상하체 근육의 연결을 돕기 위함이다. 스쿼트를 하면서 저지르기 쉬운 실수 중 하나는 무릎을 구부렸다 펴는 데 집중한다는 것인데, 스쿼트는 단순히 무릎관절을 접고 펴는 운동이 아니다. 고관절에서의 움직임이 가장 크게 일어나며, 고관절과 무릎, 발목 관절의 협응이 무엇보다도 중요하다. 특히 고관절의 정렬이 올바르지 못한 상태에서 스쿼트를 계속하게 되면 무릎과 발목관절의 과사용과 자세의 보상작용으로 인해 올바른 근육 사용이 어렵게 된다.

스쿼트를 하는 동안에는 무릎에 과하게 신경이 집중되지 않도록 무릎을 약간 구부린 상태에서 동작을 준비해야 한다. 스쿼트를 할 때 무릎을 과하게 펴면서 튕겨내듯 일어나거나 상체가 과도하게 앞으로 쏟아지는 자세로 하는 사람들의 경우, 무릎 정렬만 바로 잡아줘도 자세가 정말 많이 교정된다.

고관절, 연결의 중요성

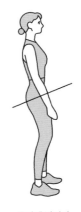

바른 자세

골반 전방경사
Anterior pelvic tilt

골반 후방경사
Posterior pelvic tilt

무릎을 1센티미터 구부리라고 하면 상체에서도 움직임이 일어나는 경우가 많다. 하지만 내가 말하는 무릎을 1센티미터 구부리기는 바르게 선 상태, 상체는 고정한 채 오직 무릎만 구부리는 것이다. 이건 생각보다 쉬울 수도 있고 생각보다 어려울 수도 있다. 상체를 세우려고 하다 보면 가슴이 앞으로 나오거나 허리가 꺾이기도 하는데, 이렇게 되면 보상작용으로 엉덩이가 뒤로 빠지는 자세가 되기 때문이다. 물론 이것은 앞쪽과 뒤쪽의 무게중심을 맞추려는 신체의 자연스러운 현상이긴 하다.

그러나 엉덩이가 뒤로 빠지면 배꼽의 위치가 아래로 내려가고, 허리와 척추 사이의 공간은 좁아진다. 이때 고관절도 앞쪽으로 기울어지는데, 이렇게 되면 허리와 고관절의 부상 위험도가 증가한다. 또한 배꼽이 내려감에 따라 복부근육이 늘어져 코어의 힘을 사용하기가 어려워진다. 복부에 힘을 주려하면 오히려 허리에 긴장감이 더해지는 형국이다. 복부와 엉덩이는 어쩌면 짝꿍 근육이라고 할 수 있다. 복부근육을 쓰지 못하면 엉덩이근육을 쓰는 것도 어렵다.

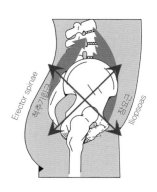

짝을 지어 작용하는 근육

우리 몸은 유기적으로 연결되어 있다. 근육도 그렇다. 뼈에 붙은 어떤 근육이 수축하게 되면 반드시 그와 반대 작용을 하는 근육이 존재하는데, 이 근육을 '길항근'이라고 부른다. 척추, 골반, 복부를 지탱하는 코어근육도 마찬가지다. 일부만 따로 움직이는 법은 없다.

고관절 앞쪽과 뒤쪽 근육 역시 서로 유기적으로 연결되어 길항작용을 한다. 단순하게 표현하자면 엑스(X)자 형태로 짝을 지어 사용된다고 이해하면 쉽다. 이 때문에 고관절 앞쪽에 있는 고관절 굴곡근은 허리 주변의 근육과, 고관절 후면의 고관절 신전근은 복부근육과 항상 쌍으로 작용한다. 예를 들어, 고관절 앞쪽과 허리근육이 과도하게 단축되면 복부와 고관절 신전근은 약화된다.

골반이 앞으로 기울어진 체형(전방경사, Anterior tilt)의 경우, 허리와 고관절 굴곡근이 단축되면서 복부와 고관절 신전근 대신 허벅지 앞쪽 근육을 과하게 사용한다. 특정 근육이 일을 못하니 다른 근육들이 더 많은 일을 하게 되는 것이다. 같은 원리로 자세를 이해하고 올바르게 근육을 사용할 경우 복부근육과 엉덩이근육을 동시에 강화시킬 수 있다.

지금까지의 설명을 상기하며 바른 자세를 취한 다음 복부에 힘을 줘보자. 호흡을 들이마신 다음 내쉬면서 배꼽을 척추 쪽으로 가볍게 당겨본다. 복부를 쥐어짜듯이 힘을 줘 과도한 긴장감을 주는 대신 양쪽 엉덩이와 몸통 전체가 조금 단단해지는 정도면 충분하다. 엉덩이근육과 몸통 전체를 함께 의식하면 코어근육은 자연스럽게 사용된다.

양손을 각각 배꼽과 갈비뼈 위에 올려보는 것도 좋다. 한 손은 갈비뼈가 튀어나오지 않도록 하고 다른 한 손은 배꼽을 살짝 당겨서 끌어올린다. 이 상태를 스쿼트 자세로 앉았다가 올라올 때까지 유지하는 거다. 평소 하체 자세만 신경 써서 스쿼트를 해온 사람이라면 내가 제시한 방법으로 스쿼트를 할 때 이전과는 다른, 확실히 몸통(코어근육)의 안정감이 느껴질 것이다.

다시 한 번 코어근육을 컨트롤하면서 스쿼트 자세로 절반만 앉아보자. 몸통의 힘을 유지하면서 가볍게 앉은 자세를 취했다가 양발로 지면을 밀어내면서 수직으로 몸을 일으켜 세운다. 이때 몸이 앞뒤로 흔들려서는 안 된다. 발바닥 전체에 고루 힘을 준 상태에서 엉덩이와 복부의 힘을 사용해 수직으로 온몸을 끌어올리면 된다. 스쿼트 자세로 앉았다가 재빠르게 올라와 버리면 이 느낌을 찾기가 어렵다. 스쿼트 자세를 취한 상태에서 1~2초 멈추었다가 안전하게 몸을 일으켜 세우는 리듬을 익혀보자.

무릎과 고관절을 펴는 순간, 앞쪽 허벅지의 과도한 긴장이 아닌 뒤쪽 허벅지와 엉덩이, 그리고 복부에 힘이 있어야 한다. 이

리듬감만 조금 익히면 스쿼트 자세를 완벽하게 만드는 건 시간 문제다.

잊지 말자. 우리 몸은 유기적으로 연결되어 있음을, 스쿼트는 전신운동임을.

앉기,
천천히 그리고 적당히

옆면

45도 측면

　고관절의 움직임에 익숙해졌다 싶으면 복부와 허벅지 안쪽에 들어가는 힘을 느끼면서 천천히 앉아본다. 엉덩이 뒤에 높은 의자가 있다고 상상하면서 딱 3센티미터만 앉아보는 거다. 이때 무릎이 먼저 앞으로 나가면 안 된다. 고관절을 접어 무게 중심을 좀 더 뒤쪽에 두면서 앉기 시작하고, 무릎은 발끝과 같은 방향을 향하게 한다. 이때 무릎을 바깥쪽으로 약간 밀어내는 느낌을 사용하면 고관절의 힘을 받는 데 도움이 된다. 각자가 지닌 대퇴골의 길이에 따라 무릎은 발끝을 넘을 수도 있고 안 넘을 수도 있다. 그러니 무릎이 발끝을 넘느냐 안 넘느냐에 대해서는 크게 신경 쓰지 않아도 된다. 각자 몸의 구조적인 문제로 인해 운동 목적을 같게 설정하더라도 스쿼트 자세는 사람마다 다 다르게 나온다.

처음부터 깊게 앉으려고 할 필요는 없다. 더욱 중요한 것은 움직임을 느끼는 것이다. 우선 좌골의 움직임을 익히는 것이 좋다. 좌골은 골반의 가장 아래에 있는 뼈로 '궁둥뼈'라고도 부른다. 쉽게 말해 의자에 앉을 때 닿는 양쪽 엉덩이의 뾰족한 부분이다.

우리가 앉는 동작을 하면 엉덩이근육이 이완되면서 좌골도 함께 열린다. 이 움직임을 이해하면서 3센티미터 정도만 앉았다 일어나보자. 양손을 좌골에 대고 스쿼트 자세를 취하면서 좌골의 움직임을 따라가보는 것도 직접적인 감각을 익히는 데 도움이 된다.

스쿼트에 익숙하지 않은 상태에서 무작정 깊이 앉으면 고관절에서 힘을 받쳐주지 못하고 풀썩 주저앉듯이 되기가 쉽다. 이런 경우 가동범위를 과감히 줄이는 것이 동작의 집중도를 더 높일 수 있는 방법이다. 계속 키가 커지는 느낌, 옆구리가 길어지고 있다는 느낌으로 복부 힘을 풀지 않고, 약간의 긴장감을 유지한 채 척추를 길게 늘이는 느낌을 연습해 보자.

초보자들이 많이 하는 실수가 스쿼트의 속도를 너무 빠르게 한다는 것이다. 직립보행과 좌식생활을 하는 우리들은 자연스레 허벅지 앞쪽이 항상 긴장되어있다. 반면, 엉덩이근육은 좀처럼 쓸 일이 없다 보니 쉽게 나이가 들어감에 따라 그 기능이 약해지고 퇴화한다. 오죽하면 엉덩이 기억상실증후군이란 말이 탄생했을까. 무조건 빨리 움직이려 하면 평소 달릴 때 쓰던 근육들이 먼저 얼굴을 내비친다. 자주 쓰는 근육은 잠재우고, 쓰지 않던 근육을 불러오려면 그만큼 의식을 하면서 천천히 몸을 움직여야 한다. 그래서 스쿼트를 할 때는 강한 집중력이 필요하다고 말한다.

대충 앉지 말고 정성스럽게, 소중한 내 몸의 감각을 하나씩 끌어와 스쿼트를 해보자.

일어서기,
완벽한 마무리

내 몸을 정성스레 앉혔다면 일으켜 세울 때도 역시 정성을 쏟아야 한다. 앉았던 몸을 일으킬 때는 무릎이 모이거나 벌어지지 않도록 신경 쓰면서 양발로 동시에 지면을 밀어낸다. 이때 안쪽 허벅지의 적당한 긴장감을 사용하면 도움이 된다. 손을 허벅지 안쪽에 대고 손과 허벅지가 서로 밀어내는 힘을 유지하면서 스쿼트를 하면 동작 내내 긴장감을 유지시킬 수 있다.

좀 더 강한 힘을 사용하고 싶다면 양쪽 허벅지에 탄력있는 밴드를 끼우고 있다고 생각해보자. 밴드를 바깥으로 벌린 채 허벅지 간격을 유지하려고 애를 쓰면 허벅지 안쪽뿐만 아니라 바깥쪽 근육도 함께 사용할 수 있다. 그런 다음 몸을 완전히 세워 일어났을 때 무릎은 앞서 강조했듯이 언제나 1센티미터 구부린 상태여야 한다. 무릎을 완전히 펴는 순간 평소 습관처럼 앞쪽 허벅지나 허리에 불필요한 긴장이 더해질 수 있음을 기억하자.

일어서는 동작은 바지를 치켜 올리는 동작에도 비유할 수 있다. 가능한 깊이만큼 앉았다가 잠시 멈추고 거기서 다시 호흡을 가다듬은 다음, 내쉬는 호흡에 골반 주변 근육에 집중하며 약간의 탄성을 더해 바닥을 밀어내는 강한 힘으로 일어나는 것이다. 누군가가 위에서 나를 쑥 끌어올려주는 것 마냥 키가 커지고 몸이 바로 세워지는 느낌이 든다.

몸의 움직임을 디테일하게 글로 알려주려다 보니 자칫 스쿼트가 너무 복잡하고 어려운 운동으로 느껴지진 않을까 약간의 걱정이 들기도 한다. 앞서 언급한 항목을 죄다 신경 쓰느라 스트레스를 받을 필요는 없다. 그저 스쿼트 1개를 하는 동안 내 몸이 얼마나 많은 준비를 하고 있는지, 각 부위의 근육들이 얼마나 다양한 자극을 받으며 그에 따른 무수한 움직임을 보이는지,

신체와 교감하면서 하나하나 느껴볼 수 있는 좋은 기회라고 생각했으면 좋겠다.

이런 마음가짐으로 스쿼트를 한다면 누구든 몸과 마음에 긍정적인 변화를 느낄 수 있을 것이다. 스쿼트가 어렵다면 정석대로 하겠다고 애쓰기보다는 단 3센티미터만 앉았다가 일어나는 정도로 끝내도 좋다. 동작이 서서히 익숙해지고 제법 해볼 만하다는 생각이 들면 그때가서 5센티미터 더 앉아보고, 다음 날은 그보다 조금 더 앉아보는 식으로 점진적으로 발전시키면 된다.

이렇게 조금씩 가동범위를 늘려가다 보면 자세가 확 무너지는 순간이 온다. 그렇다고 주춤할 필요는 없다. 단지 그보다 1센티미터 덜 앉으면 된다. 내 몸의 컨디션에 따라 운동량을 조금씩 조절해가며 체력과 집중력을 키워보자. 그렇게 스쿼트를 1개에서 2개로, 점차 10개에서 100개로 횟수를 늘려가면서 스쿼트의 재미에 흠뻑 빠져보길 바란다.

같은 동작도 '내 몸'에 맞게

많은 사람들이 뼈와 관절 문제로 고생한다. 현대인들은 지나치게 바쁘고, 한국인들은 더 바쁘다. 근로시간 통계치가 매년 OECD 국가 중 1~2위를 다툰다고 하니 운동할 시간이 부족한 게 당연하다. 그래서 대부분의 직장인들은 만성 피로와 스트레스를 호소한다.

학생들은 말할 것도 없다. 종일 학교에 앉아 있는데다가 수업이 끝나면 학원에 가고, 자투리 시간에는 컴퓨터 게임이나 스마트폰을 만진다. 그 결과 목이나 허리 통증으로 병원을 찾는 학생들의 연령대가 점점 낮아지고 있다.

내 '몸'에 맞춘 스쿼트

나는 운동을 하기 전 항상 본인의 몸 상태를 꼼꼼하게 체크하라고 이야기한다. 컨디션을 고려하지 않고 운동을 하면 운동은 득이 되기는커녕 독이 될 수도 있다.

나는 미국에서 있었던 큰 교통사고, 잇따른 크고 작은 사고들로 인해 여전히 목과 어깨의 상태가 좋지 않은 편이다. 보통 아침에 일어났을 때 '아, 오늘 컨디션이 좋지 않다'라고 느껴지면 항상 경추가 긴장되고 경직된다. 더 이상 무리하지 않도록 컨디션을 꼼꼼하게 돌봐야 한다.

나처럼 목과 어깨에 힘이 많이 들어가는 사람은 스쿼트를 하기 전, 목의 긴장을 풀 수 위해 가벼운 스트레칭부터 시작하는 것이 좋다. 스쿼트를 잘하기 위한 일종의 워밍업이다. 스쿼트를 하는 동안에도 내가 쓰고자 하는 근육에 좀 더 집중하는 동시에 목과 어깨에 긴장이 들어가지는 않는지 수시로 점검해봐야 한다.

무릎이 약한 사람은 스쿼트를 하는 동안 무릎을 과하게 사용하지 않았는지, 적절히 무릎 주변 근육을 사용하고 있는지 의식하면서 해야 한다. 스쿼트는 무릎 관절만 구부렸다 펴는 것이 아니라 전신의 근육이 개입하여 일어나는 움직임이라는 점을 잊어서는 안 된다.

허리가 약하다면 허리의 힘을 쓰기보다는 복부와 엉덩이근육에 좀 더 힘이 들어가도록 의식적으로 노력해야 한다. 스쿼트 자세를 보완하기 위해 코어 운동을 하거나 스쿼트를 시작하기 전, 먼저 호흡에 집중하면서 코어근육을 단단하게 만드는 연습을 하면 좋다.

통증이 있는 건 아니지만 유연성이 떨어지거나 무릎관절이나 고관절이 뻣뻣한 사람, 아킬레스건이나 종아리근육이 짧은 사람도 있다. 이런 경우에는 스쿼트를 할 때 다른 사람과 같은 각도가 잘 나오지 않는다. 스쿼트를 하기 전에 충분한 스트레칭으로 뻣뻣한 관절과 짧은 근육을 최대한 부드럽게 이완시키거나 보완해줄 수 있는 운동을 꾸준히 하는 노력도 필요하다.

내 '목표'에 맞춘 스쿼트

개인마다 운동 목표가 다르듯 스쿼트에 임하는 목표 또한 다다르다. 단순히 체력 증진을 위해 스쿼트를 한다는 사람도 있고, 허벅지를 탄탄하게 만들고 싶다거나 엉덩이를 높이 끌어올리고 싶다거나 이런 외적인 변화에 목표를 두고 스쿼트를 하는 사람도 있다. 혹자는 인내심을 기르겠다는 목표, 정신을 단련시키기 위한 목표를 갖고 있을 수도 있다.

각자가 목표한 바를 이루기 위해 스쿼트의 종류나 동작을 달리해야 하는 것은 아니다. 똑같은 베이직 스쿼트를 하더라도 배에 집중하는지, 허벅지에 집중하는지, 척추에 집중하는지에 따라 근육의 집중도와 운동의 결과치도 달라진다. 어디에 집중해서 힘을 주느냐에 따라 자극의 강도도 당연히 달라지기 때문이다. 그래서 스쿼트는 동작에 큰 변화를 주지 않고도 다양한 방법으로 할 수 있는 운동이다. 그러니 목표에 맞춰 계획을 세워보자. 선택권은 언제나 자신에게 있다.

Part 6

으뜸체력의 비밀

Q&A

MIRACLE SQUAT ✦

운동을 할 때 '이것만큼은 피해라' 그리고 '이것만큼은 지켜라' 하는 것이 있다면 무엇일까요?

과한 운동은 피했으면 해요. 너무 무리하지 않는 것이 가장 중요하니까요. 운동을 오랜 시간 지속하고 즐길 수 있는 방법은 궁극적인 목표를 건강하고 행복한 몸과 마음을 가꾸고 유지하는 것에 두는 것이에요. 그렇게 하다 보면 반드시 살도 빠지고 몸도 예뻐지며 건강은 덤으로 얻을 수 있어요.

제 경우에는 외적으로나 내적으로나 현재의 밸런스를 계속 유지하고자 하는 목표를 가지고 운동하는데, 무리해서 운동을 했다면 지금 그 목표에 가까이 다가갈 수 없었을 거예요.

마찬가지로 운동할 때 꼭 지켜야 할 것은 자신의 컨디션을 수시로 체크하는 것입니다. 내 몸에 조금이라도 불편하거나 아픈 곳이 있는지, 영양 섭취는 잘했는지, 적당한 휴식을 취했는지를 수시로 점검해봐야 해요. 즉, '운동할 준비가 충분히 되었는가'와 같은 질문이 항상 선행되어야 할 것 같아요.

결국 운동할 때 피해야 할 것과 지켜야 할 것은 어떤 맥락에서는 서로 같다고 할 수 있어요. 어느 정도의 욕심과 열정은 운동을 할 때 도움이 되지만, 그게 과하면 스트레스와 강박, 부상이 찾아올 수 있기 때문에 내 목표와 상태에 맞춰 알맞은 강도와 빈도의 운동을 하시기를 바라요.

스쿼트만으로도 예쁜 엉덩이를 만들 수 있을까요?

저는 스쿼트 운동을 열아홉 살부터 했어요. 스쿼트를 접하고부터 엉덩이를 집중적으로 다듬어왔죠. 그렇기 때문에 "힙 운동 매일 해도 되나요?", "힙 운동 얼마나 얼마만큼 해야 되나요?", "저는 엉덩이가 커지고 싶어요.", "저는 엉덩이를 업하고 싶어요.", "엉덩이 옆에 살들을 늘리고 싶어요." 이런 질문들을 정말 많이 받았어요.

유튜브 영상에서는 언급한 적이 있는데, 책에서도 다시 한 번 자세히 알려드릴게요. 이런 저런 수십 가지 방법으로 운동해 본 심으뜸의 노하우, 지금 공개할게요.

초급자

스쿼트를 처음 접하는 운동 초보자들의 경우 "엉덩이를 한 번도 써본 경험이 없어요"라며 고민을 토로합니다. 이들은 먼저 본인의 엉덩이 자극점부터 알아야 해요.

한평생 엉덩이근육을 써본 경험이 없는데 하루아침에 저처럼 엉덩이를 키울 수는 없어요. 욕심내지 마시고 1~3달 간 엉덩이 자극을 찾는 것에 집중해보세요. 필라테스 기초 동작, 장요근 스트레칭 등을 꼭 병행하시고 스쿼트, 런지, 브릿지와 같은 힙 운동의 기초 동작에 관한 정석편 영상을 보고 꾸준히 반복해서 연습 또 연습하시길 바라요. 만약 여러 차례 운동을 했는데 엉덩이 자극점이 찾아지지 않고 변화가 느껴지지 않는다면 답은 하나. 전문가를 찾아가 직접 코칭을 받길 권합니다. 전문가와 함께 하면 분명 효과가 있을 거예요.

중급자

3개월 이상 운동을 지속해왔고 엉덩이 자극점을 찾았다면 이제 운동 목적에 맞춰서 식단과 운동 빈도수를 조절하는 연습이 필요합니다. 엉덩이에 집중한 운동은 일주일에 약 2~3회 이내로 하는 것이 가장 좋아요. 매일 엉덩이 운동을 힘들게 1~2시간 한다고 해서 엉덩이는 여러분이 원하는 만큼 커지지도, 예뻐지지도 않거든요. 오히려 엉덩이 기능이 떨어지거나 체력이 무너지고 몸의 형태 또한 망가질 수 있죠.

대신 운동의 효율을 높이기 위해서는 운동 후 반드시 필요한 에너지를 섭취하는 거예요. 운동 후에는 단백질, 탄수화물, 지방이 골고루 갖춰진 가벼운 한 끼 식사를 하는 것이 좋아요. 운동이 끝난 시간이 너무 늦은 시각이라면, 소량의 단백질만 섭취하는 것이 좋고요. 운동을 통해 몸이 변화하길 원한다면, 먹는 것까지가 운동이라는 사실을 꼭 기억해주세요.

운동을 1년 이상 꾸준히 해온 분들이라면 지금부터는 본격적으로 운동 강도에 신경을 써주세요. 맨몸운동으로는 충분하지 않아요. 단 1킬로그램을 추가하더라도 조금은 강도를 높여 변화를 주는 것이 중요해요. 관절에 무리가 없는 선에서 말이죠. 홈트를 할 때도 그냥 맨몸으로 하는 것보다는 밴드나 1~2킬로그램 덤벨을 사용하거나, 가끔은 헬스장에 가서 5~7킬로그램 정도의 무게를 활용하는 것도 좋아요. 이런 식으로 중량을 조금씩 늘려가며 1시간 정도 운동하면 효율적으로 엉덩이를 키울 수 있어요.

초급자부터 고급자까지 엉덩이 운동을 효율적으로 할 수 있는 팁을 간단히 드렸는데요. 여기서 '운동의 효율'에 대해 짚고 넘어가는 게 좋을 것 같아요. 효율적인 운동이란 운동 목적에 맞춰 정확하고 빠르게 몸의 변화를 가져오는 것을 말해요. 계속해서 엉덩이만 집중적으로 시간을 투자해 운동하기보다는 일상생활에서 엉덩이를 꾸준히 자극해주는 것이 핵심이죠. 일상에서 생기는 자투리 시간들을 활용한 운동만으로도 엉덩이가 좋아지는 경우가 많아요.

마지막으로 한 가지 팁을 드리면 엉덩이 운동을 할 때는 늘 고관절을 편 상태로 진행해야 해요. 허리를 과도하게 꺾거나, 골반이 전방회전이 되어 있거나, 복부가 풀려있거나, 고관절이 다

펴지지 않은 상태로 동작을 이어간다면 효율이 떨어질 수밖에 없어요.

그리고 엉덩이근육을 수축시킬 때는 좌골(골반 아랫부분을 구성하는 궁둥뼈)을 모으는 느낌과 내 몸에 딱 맞는 스키니진을 입는다는 상상을 하면서 진행해주세요. 근육을 최대치로 수축해야 높은 효율을 낼 수 있답니다. 꼭 예쁘고 탄력 있는 엉덩이를 만들 수 있길 바라요!

운동에 전혀 재미를 못 느껴요. 어떻게 해야 할까요?

내가 어떤 목적으로 운동을 하고 있는지 되돌아보는 시간을 갖는 건 어떨까요? 잠시 운동은 내려놓고요. 운동을 통해 무엇을 얻고자 하는지, 즉 '왜 운동하는지'에 대한 답을 스스로 찾아보는 시간을 갖는다면 앞으로의 운동 계획이나 목표를 다잡을 수 있게 될 거예요.

그리고 운동을 통해 단순히 재미를 얻고 싶다면 단순히 유산소나 중량운동을 하는 데 집중하기보다는, 다양한 운동을 경험해보는 것도 좋은 대안이 될 수 있어요. 운동에는 헬스나 요가, 필라테스만 있는 것이 아니잖아요. 크로스핏, 사이클, 러닝, 주짓수도 있고 테니스나 발레, 수영과 같은 다양한 종목이 존재하죠. 이처럼 운동 종목에 변화를 줘보는 거예요. 이번 기회에 내가 어떤 운동을 했을 때 재미를 느끼는지 찾아보는 거죠. 일대일 트레이닝을 통해서 나에게 운동의 재미를 가져다줄 선생님을 찾는 것도 좋은 방법입니다.

제 유튜브 채널에도 다양한 운동 영상이 업로드 되어 있어요. 차분하게 내레이션을 얹어 보는 사람으로 하여금 운동에만 집중할 수 있도록 만든 영상도 있고, 재미 요소를 더하거나 때로는 각 운동 분야 전문가를 모시고 함께 운동을 가르치는 영상도 있어요. 운동에 관한 그런 다양한 영상들을 접해보는 것도 도움이 될 거예요.

하지만 운동에 전혀 재미를 못 느끼고 단순히 숙제하듯 하고 있다면 일주일이든 한 달이든 운동을 쉬는 것을 추천합니다. 한 템포 쉬어가면서 한번 점검해보세요. 그동안 운동이 어떤 압박감에 의해 진행되고 있던 건 아닌지. 운동의 목적, 그리고 나의 중심을 찾게 되면 억지로 하는 운동이 아니라 나를 위해 하는 운동으로 변하게 될 것이고, 그 과정에서 재미를 찾게 될지도 몰라요.

생활이 너무 불규칙해서 언제 운동을 해야 할지 모르겠어요. 어떻게 하는 게 좋을까요?

가장 먼저 내 생활이 불규칙해질 수밖에 없는 원인을 파악해보세요. 교대근무를 하거나 야간업무가 잦은 경우도 있을 것이고, 단지 본인이 생활 패턴을 불규칙하게 만드는 경우도 있을 거예요.

하지만 대부분의 사람들은 하루가 일하는 시간에 맞춰진 경우가 많죠. 일을 시작하는 시간에 맞춰 일어나고, 일이 끝나면 약간의 개인시간을 보낸 후 잠자리에 들어요. 아무리 불규칙하게 생활하더라도 분명 하루를 깨어 있는 시간과 자고 있는 시간으로 나눌 수는 있을 거예요. 따라서 그 시간을 기준으로 삼고 운동 시간을 정해보세요.

일어나는 시간을 기준으로 눈을 뜨자마자 한 시간 내 운동을 한다든지, 잠자리에 들기 2~3시간 전에 운동을 한다든지 하는 식으로 계획을 짜보는 거예요. 그게 힘들다면 아침식사 후, 저녁식사 전, 이렇게 식사시간을 기준으로 하는 것도 좋습니다. 잠을 자는 것과 밥을 먹는 일은 아무리 바빠도 무조건 해야 하는 일과잖아요.

일, 수면, 식사 등 일상에서 필수적인 항목부터 계획한 다음 비는 시간에 운동스케줄을 넣는 것이 가장 이상적이에요. 그렇게 해야 안전하고 꾸준하게 운동할 수 있는 힘이 생겨요.

다시 정리하자면, 생활 패턴이 불규칙한 경우 기상시간과 취침시간을 일정하게 맞춘 뒤 식사시간을 서서히 규칙적으로 계획하고, 그 다음에 운동 시간을 정해보세요. 이렇게 순서대로 정리해 나가면 좀 더 수월하게 운동 시간을 확보할 수 있어요.

덧붙여 운동을 꾸준히 하기 위해 꼭 지켜야 할 것이 있습니다. 좀 더 직접적이고 구체적인 계획과 목표를 정해야 한다는 거예요. 단순히 '운동해서 살 빼야지'가 아닌 '매주 월, 수, 금 8시부터 9시까지는 운동 시간으로 정하고 매달 1킬로그램씩 살을 빼야겠다', '매일 퇴근 후 집에 오자마자 바로 옷을 갈아입고 30분 간 홈트 영상을 보며 운동하겠다' 이런 식으로 구체적인 운동 계획과 목표를 짜는 거죠. 계획을 구체화할수록 목표에 더 가까워져요.

혼자서 의지를 다잡기가 어려운 분들도 있어요. 그건 그 사람의 잘못이 아니라 성향이 그런 것일 뿐이에요. 그런 분들은 혼자 운동하기보다는 전문가의 지도 아래 자극을 받고 동기부여를 얻으며 운동하는 게 도움이 될 수 있어요.

홈트레이닝으로 운동을 시작했는데 살이 빠지질 않아 너무 속상해요. 뭐가 잘못된 걸까요?

홈트로 맨몸운동과 중량운동을 병행했는데, 아무리 해도 살이 빠지지 않고 근육이 생기지 않는다며 고민을 털어놓는 분들이 많은데요. 들여다보면 정확한 자세와 자극점을 찾지 못한 채 비효율적으로 운동을 하고 있는 경우가 정말 많더라고요. 그런 경우 단 10회만이라도 전문가의 지도를 받는 것이 내가 원하는 결과에 가까이 가기 위한 가장 빠른 길이죠.

그런데 '저는 시간과 비용을 투자할 여력이 없어요' 하는 분들도 계시죠. 그런 경우에는 더디더라도 혼자 운동을 할 수밖에 없습니다. 대신 기본을 익히는 연습을 해야 해요. 무작정 떠도는 홈트 영상을 틀어놓고 따라한다면 운동이 아닌 그저 땀을 내는 움직임 정도일 뿐, 충분한 운동 효과를 기대하기 어려워요.

스쿼트를 예로 들어보면 제가 오래 전 업로드 한 〈스쿼트의 정석〉이라는 영상이 있는데, 여기에서는 가장 기본적인 스쿼트 자세와 호흡 등을 자세하게 설명하고 있어요. 특히 운동과 호흡은 뗄레야 뗄 수 없는 관계니까 스쿼트 한 번을 하더라도 제대로 된 호흡을 사용한다면 큰 운동 효과를 얻을 수 있습니다.

운동의 기본기를 익힐 때만큼은 지름길로 가려고 하지 말고 조금 천천히 가더라도 기본기를 충분히 연습해보세요. 그게 유일한 길이라고 생각하면 지속할 수 있는 힘이 생길 테니까요.

다이어트 정체기를 극복하는 방법이 궁금해요.

먼저 다이어트 정체기에 대한 정의를 다시 살펴볼 필요가 있어요. 많은 분들이 체중의 변화가 없는 상태를 다이어트 정체기로 생각하는 경우가 많은데, 제가 생각하는 다이어트 정체기는 체중의 변화뿐 아니라 거울로 본 모습(눈바디)에 변화가 없는 상태가 지속되는 거예요. 만약 체중은 그대로지만, 거울 속 내 눈바디가 조금씩 변하고 있다면 다이어트 정체기가 아니니 걱정하지 마세요.

다이어트 정체기의 요인으로는 크게 두 가지가 있는데요. 첫 번째는 '항상성의 원리' 때문입니다. 내 몸은 항상 똑같은 상태를 유지하고 싶어 해요. 몸에 변화를 주고 싶다면 운동 프로그램, 즉 횟수나 무게에도 변화를 주면서 운동해보세요.

한 달 내내 닭가슴살, 고구마, 채소로 구성된 식단만 먹으면 내 몸은 이 식단에 적응을 해버려요. 흰 살 생선이나, 소고기, 해산물, 계란, 두부 등 단백질군에 변화를 주거나, PART3에서 제공한 식단표를 활용해 다양한 메뉴를 식단에 반영해보세요. 다이어터라면, 항상성에 저항하기 위해 늘 변화가 필요하답니다.

항상성에 저항하기 위한 4가지 방법

① 운동 '시간'에 변화를 준다.

  매일 맨몸운동을 30분씩 해오고 있던 사람이라면 운동 시간을 10분 늘려 기초 코어 또는 복근 루틴이라든지, 스트레칭을 추가해보세요. 반대로 운동을 길게 2시간씩 해오고 있던 사람이라면 오히려 운동시간을 1시간~ 1시간 30분으로 줄이고 강도를 높이는 식으로 변화를 주세요.

② 운동 '구성'에 변화를 준다.

  매일 1시간씩 운동을 하는 사람이라면 앞뒤로 스트레칭을 추가하거나, 1시간을 30분씩 나누어 무산소운동 30분, 유산소운동 30분 프로그램으로 진행해보세요. 40분 vs 20분, 20분 vs 40분 등 다양하게 구성에 변화를 줄 수 있어요.

③ 운동 '종류'에 변화를 준다.

  매일 1시간씩 홈트레이닝을 해왔던 사람이라면 밖으로 나가 가볍게 달리기를 해도 좋고, 다양한 운동 종목에 도전해보는 것도 좋아요. 헬스, 필라테스, 요가, 러닝 이외에도 크로스핏, 테니스, 클라이밍 등 스포츠를 체험할 수 있는 진입장벽이 낮아졌기 때문에 단순히 항상성 저항 목적이 아니더라도 여가 시간을 활용해서 가족, 친구들과 함께 다양한 운동을 경험해보길 바라요.

④ '휴식시간'을 조절한다.

휴식시간이 부족하지 않은지 체크해보는 것도 중요해요. 매일 4~5시간 이내 취침을 하고 있다면 운동시간을 줄이거나 빈도를 줄이고 취침시간을 최소 6시간 이상 확보해보세요. 운동량을 줄이고 휴식시간을 늘렸더니 체중에도, 몸에도 변화가 왔다는 경우가 많았답니다.

두 번째 이유는 스트레스 호르몬인 '코르티솔(스트레스에 반응하여 분비되는 호르몬)' 때문이에요. 스트레스를 받으면 코르티솔 분비가 증가되고 그 영향으로 혈당이 높아지면서 인슐린이 증가합니다. 인슐린은 혈당을 조절하고 음식 에너지를 지방으로 변환하는 역할을 하기 때문에 인슐린 증가는 체중 증가를 초래할 수 있어요. 체내 악순환의 고리에 빠지지 않으려면 내가 무엇 때문에 스트레스를 받고 있는지 원인을 파악해보는 게 좋겠죠?

제 경우에는 스트레스를 받으면 제 자신과 마주하려고 노력합니다. 그 다음 그것에 대한 답을 찾아 해결하려고 하죠. 잠이 부족해서 오는 스트레스면 시간을 내 잠을 푹 잔다거나, 해야 할 일이 많다면 미루지 않고 빨리 해치우려고 합니다. 이런 식으로 스트레스의 원인을 찾아 해결해주면 보다 빨리 정체기에서 벗어날 수 있습니다.

생리 기간에 운동을 해도 되나요?

저는 현재 생리통이나 생리 중 불편함이 없고, 운동을 한 이후로 생리주기도 규칙적으로 변했어요. 유지어터로서 늘 관리하는 삶에 집중하고 있다 보니 생리 기간에도 평소와 별로 다르지 않게 생활하는 편이죠. 운동도 마찬가지예요. 언제나 무리하지 않는 습관이 베여 있어서 생리 기간에도 평소와 같은 강도로 운동합니다. 다만, 생리 중 운동 강도는 개인차가 있기 때문에 생리통이 없거나 평소 무리하지 않고 운동하는 습관이 있는 사람이라면 저처럼 생리기간에 운동을 해도 좋아요.

하지만 다이어트를 하는 중에 생리가 시작되면 유독 컨디션이 다운되거나 찜찜함과 불편함, 통증 등을 느끼게 되어 다 내려놓고 싶은 마음이 생길 수 있어요. 더군다나 생리 시작 14일 전부터 PMS(생리전증후군)이 우리를 괴롭히죠. 단 것이 당기고 몸이 붓고 무거워지면서 신경은 날카로워져요. 무기력증이 찾아오는 경우도 많습니다. 만약 생리기간에 생리통이 심하거나, 컨디션이 좋지 않다고 느껴지면 하루에서 이틀 정도는 운동을 쉬어주세요.

힘든 걸 운동으로만 이겨내려고 하지 마세요. 가벼운 스트레칭으로도 충분하답니다. 내 몸에서 주는 신호는 쉬어가고 싶다는 외침이에요. 그 외침을 귀담아듣고, 받아들일 때는 받아들여야 해요. 견디기 힘들 때는 잠시 쉬든지, 운동 강도를 낮추든지

하면서 컨디션을 조절하는 경험을 많이 해봐야 내 몸의 반응과 운동 강도 사이의 접점을 찾을 수 있습니다.

생리 기간은 보통 5~7일이죠. 그 기간 내내 운동을 완전히 멈추거나 끊어버리면 다시 악순환이 시작될 수 있어요. 따라서 생리 기간 중 나를 가장 힘들게 하는 하루나 이틀을 찾아 쉬어 가는 날로 정해보세요.

이때는 '포기'하는 날이 아니라 '쉬어가는 날'이에요. '포기'라는 단어는 우리에게 굉장히 큰 영향을 주거든요. 그러니 포기한다 생각하지 말고 내 몸을 위해 잠시 쉬어가겠다고 생각을 전환하길 바랍니다.

그 하루나 이틀은 가벼운 스트레칭 또는 명상을 하거나 건강에 도움이 되는 음식을 적당히 섭취하는 것이 좋습니다. 달달한 게 당긴다면 달달한 음식을 적당량 먹으면서 만족감을 느끼는 것도 좋아요. 그러면 다음 날 컨디션이 한결 나아져 다시 운동을 하는 데 무리 없는 평상시의 패턴으로 돌아갈 수 있게 될 거예요.

저녁운동 후에 식사, 꼭 해야 하나요?

"퇴근 후에 운동을 하면 저녁 챙겨 먹기가 애매해서 그냥 잡니다.", "잠들기 한 시간 전에 운동해서 밥 먹기가 애매해요.", "저녁 운동을 주로 하는데 밥 먹는 시간을 언제로 해야 할 지 모르겠어요." 이런 질문들을 정말 많이 들어요. 먼저 운동 목표를 되짚어봐야 합니다. 살을 빼기 위함인지, 근육량을 키울 생각인지, 건강해지고 싶어서인지 등 다양한 케이스가 있겠죠.

그중에서도 만약 근육량을 높이고 몸 선을 가꾸고자 하는 것에 목표를 두었다면 아무리 늦은 시간이더라도 운동 후 반드시 보충을 해주셔야 해요. 예를 들어서 60킬로그램인 여성이 퇴근 후 1시간 동안 집중적으로 중량운동을 한 뒤 아무 것도 먹지 않고 잤다면? 그리고 그 패턴이 반복된다면, 결과적으로 근육량을 높이거나 운동효과를 몸으로 느끼기에는 시간이 오래 걸릴 수 있어요. 만약 이 여성이 근육량도 높이고 몸매도 나아지길 원한다면 운동 후에 최소한의 단백질과 아주 약간의 탄수화물을 섭취해주는 것이 좋아요.

운동을 병행해서 살을 빼고 싶다면, 그리고 운동의 효과를 느끼고 싶다면 반드시 운동 전후 영양밸런스가 갖춰진 건강한 식사는 필수예요. 만약 운동을 통해 내 몸의 작은 변화부터 나아가 삶의 변화까지 경험하고 싶다면 반드시 건강한 식사를 병행해주세요.

언니 같은 몸이 되려면 식단은 어떻게 해야 할까요?

저는 식단을 따로 하지 않습니다. '저 몸을 유지하면서 어떻게 식단을 안 하지?' 궁금해 하는 분들, 노하우를 듣고 싶어 하는 분들도 정말 많아요. 우선 제 몸에 대해서 이야기를 해볼게요.

저는 52킬로그램 대일 때 골격근량이 24~25킬로그램 정도이고 체지방량이 7~8킬로그램, 체지방률은 13~16% 선을 왔다갔다합니다. 약간의 유동성이 있죠. 이 글을 적기 전에 체중을 재보니 52.6킬로그램, 골격근량이 24.6킬로그램이었고 체지방량은 7.8킬로그램, 체지방률은 14.8%이었어요. 제가 좀 전에 알려드린 범주에 속하죠. 이게 바로 제가 식단을 하지 않는 이유리기도 해요.

저는 운동을 시작한 이후의 삶에서 평균 체중이 52킬로그램이에요. 늘 이 상태를 유지하기 위해 꾸준히 관리하고 노력하고 있어요. 제가 원하는, 제 몸이 활기차게 움직이는데 필요한 수준의 체력을 가지려면 몸무게가 52킬로그램 근방일 때가 최적이라는 것을 경험을 통해 미리 알고 있었거든요. 그래서 이후부터는 늘 이 상태를 유지해오고 있습니다.

보통 식단을 한다고 하면 하루 평균 네 끼를 닭가슴살, 야채, 고구마 등으로만 채우는 분들도 있고, 365일 내내 식단을 하겠다는 강박에 사로 잡혀 일 년 내내 건강하고 깨끗한 음식만 고집하는 분들도 있어요. 하지만 저는 이렇게 한쪽에 치우쳐서 극단적인 식단을 하거나 권하지 않습니다. 가급적이면 모든 면에서 균형을 맞추려고 하죠.

하루 이틀 타이트한 식단을 하다가 갑자기 터져버린 식욕에 폭식을 하는 분들도 많은데 한 가지 당부하고 싶은 말은 내 몸을 힘들게 하지 말라는 거예요. 음식을 먹는 주체도 나, 음식을 받는 것도 소화시키는 것도 나라는 사실을 잊지 않았으면 해요. 내 소중한 장기들은 잘못이 없어요. 그저 내가 먹는 음식들은 소화시킬 뿐인데, 한정적인 시간 내에 장기들이 버거워 할 만큼 먹는 행위는 하지 않았으면 합니다. 우리 몸을 위해 운동도, 먹는 것도, 뭐든 적당히 하는 노력이 필요해요.

"언니는 타고났으니까 그렇죠!" 아뇨. 저는 타고나지 않았어요. 한 번은 너무 바빠서 한 달 내내 촬영을 제외하고 개인 운동을 딱 2번 했던 적이 있었어요. 운동량에 비해 음식을 많이 먹었더니 체지방률이 조금 올라갔죠. 이건 아주 일시적인 '가짜' 체지방률이에요. 저는 이 숫자에 개의치 않고 꾸준히 제 일상 패턴으로 다시 돌아갔어요. 그랬더니 제 몸이 알아서 52킬로그램, 근육량 24~25킬로그램, 체지방률 13~16%로 항상성 수치를 향해 움직이더군요. 그러니 지금 자기 몸에 관한 아무런 가이드라인이 없다면 저처럼 기준점을 만드는 것이 좋아요. 물론 그 기준에 도달하기까지 일정 기간 투자하고 노력해야겠죠.

물론 평생 닭가슴살, 고구마, 샐러드만 먹고 살 수 있다는 분들이라면 그렇게 하셔도 돼요. 하지만 세상에는 맛있는 음식이 너무너무 많잖아요. 저 역시 치킨, 떡볶이, 꿔바로우 등을 너무 좋아하기 때문에 관리하면서 먹는 행복도 놓치지 않을 거예요.

다이어트 중에도 일주일에 한 번 정도는 맛있는 음식을 먹을 자격이 있어요. 이때다 싶어 혼자 방문을 잠그고 폭식하라는 의미가 아니에요. 내가 좋아하는 사람과 함께 좋아하는 음식을 먹는 거예요. 좋아하는 사람들과 즐겁게 대화를 나누며 즐기는 음식은 내 몸에 아주 이로워요. 스트레스도 해소되고 에너지가 충전될 거예요. 평소 간헐적으로 과식이나 폭식을 해왔어도 괜찮아요. 지금부터가 중요하답니다. 내가 많이 먹는 날과 적게 먹는 날의 차이를 서서히 줄여가는 연습을 해보는 건 어떨까요?

'다이어트는 즐기는 자가 위너다.' 그러니 우리 극단적인 식단 조절로 스스로를 괴롭게 하지 말고 맛있는 것도 운동하는 것도, 나아가 삶 자체를 즐길 줄 아는 진짜 '유지어터'로 살아보자고요!

디데이를 정해두고 하는 다이어트, 최대한 건강하게 하는 요령
이 있을까요?

'최대한'이라는 것도 '건강'의 정도도 저마다 기준치가 다르기
때문에 제가 말하는 게 절대적인 답이 되지는 않을 거예요. 다
이어트는 성향마다 다르지만, 디데이라는 건 어떤 이벤트(결혼
식, 촬영 등)를 앞두고 잡는 경우가 많죠. 요즘은 바디프로필 열풍
이 있다 보니 바디프로필 디데이 관련 질문도 많은데, "바디프
로필 촬영이 59일 남았는데 과자 한 봉지를 먹었어요. 어떡하
죠?" 이런 질문을 받을 때면 정말로 속상해요. 59일은 거의 두
달이라는 시간인데, 과자 한 봉지가 다이어트 결과에 미치는 영
향은 아주 적을 테니까요.

그래도 질문이 들어왔으니까, 약 세 달로 기간을 잡고 무리 없
이 즐기면서 다이어트 할 수 있는 플랜을 세워 볼까요?

D-90일

목표까지 3개월 전

우선 처음 한 달은 내가 가지고 있는 식습관과 생활에서 나쁜
것들을 덜어내는 기간으로 잡으세요. 간식과 야식 끊어내기, 규
칙적인 수면 시간 정하기, 아침저녁으로 스트레칭하기, 하루 10
분 운동하기와 같은 습관을 다지는 기간으로 삼으면 됩니다. 이
러한 강도로 한 달만 건강한 생활습관을 유지하면 음식에 대한

참을 수 없는 욕구라든지 운동 강박이 잘 생기지 않게 돼요.

D-60일

목표까지 2개월 전

다음 한 달은 하루 한 끼, 예를 들면 저녁 한 끼를 건강하게 드세요. 이때 하루에 필요한 단백질을 섭취하는 것도 좋고, 채소를 충분히 곁들여도 좋아요. 대신 식사 전에는 30분 정도 스스로 정한 기준에 맞춰 운동을 하세요. 운동을 한 뒤에 영양소가 잘 갖춰진 식사를 하고, 충분한 휴식시간과 수면시간을 확보하는 거죠. 유산소운동을 시작하되, 본격적으로 할 필요는 없고 평소의 활동량을 조금 늘리는 정도로 가면 충분할 것 같아요.

D-30일

목표까지 1개월 전

첫 달은 생활습관을 다지고 두 번째 달은 워밍업을 했다면 남은 한 달은 타이트하게 매주 플랜을 갖춰 다이어트를 하는 것이 좋습니다. 하루 두 끼는 클린식, 나머지 한 끼는 양을 조절한 일반식을 하는 것도 괜찮은 방법이죠. 주말에는 약속을 잡는 대신 온전히 다이어트에 집중할 수 있는 시간으로 써보세요. 아침에 눈뜨자마자 20분 정도는 홈트를 하고, 저녁에는 기존 패턴대로 운동을 하되 10~20분 더 추가해도 좋아요. 하루 20~30분 야외에서 걷거나 유산소 운동을 30분에서 1시간 추가하는 것도 눈에 띄는 결과를 가져오는 데 도움이 됩니다.

이처럼 디데이를 앞두고는 매일 똑같은 패턴으로 다이어트를 하는 것보다 매달 강도를 점점 늘리는 식으로 운동 계획을 짜고, 마지막 달의 1주, 2주, 3주, 4주를 다르게 진행하는 것이 효과적이에요.

각 기간마다 변화된 'to do 리스트'를 만들어 과제들을 수행해나간다면 누구보다 건강하게, 그렇지만 뚜렷한 결과를 얻을 수 있습니다. 어떤 식으로 플랜을 짜야 할지 막막하다면 제 인스타그램과 유튜브를 참고해서 #으뜸챌린지 4주프로그램에 도전해보는 것도 추천합니다.

스트레스를 최대한 빨리 털어내는 방법이 있나요?

저는 스트레스가 어디서부터 왔는지, 어떤 요인으로 시작됐는 지 그 근원을 빨리 파악하려고 해요. 원인을 알아야 해결책을 생각해낼 수 있거든요.

하지만 종종 뿌리를 뽑아낼 수 없는 스트레스도 있어요. 그 럴 경우에는 어느 정도는 인정하고 타협을 하려고 하죠. 요즘엔 '어쩔 수 없지', '그럴 수도 있지' 하며 쿨하게 넘겨 버리는 경우 가 많아요. 부정하면 스트레스가 계속 커지더라고요. 스트레스 상황 자체를 인정하고 받아들이는 게 제가 스트레스를 빨리 털 어내는 방법인 것 같아요. 대신 스트레스로 인해 지친 몸과 마 음을 어떻게 달래줄지 고민해요.

제가 가장 자주 쓰는 방법은 산책과 가벼운 운동이에요. 가끔 맛집에 가거나 달달한 디저트를 먹기도 하고 좋아하는 사람(친 구, 가족 등)을 만나 그들에게 마음을 털어 놓으며 위로를 받을 때 도 있어요. 좋은 음악을 듣거나, 영화를 보거나, 재밌는 예능 프 로그램을 보고 깔깔 웃으며 자연스럽게 머릿속을 비울 때도 있 답니다.

스트레스란 녀석을 어느 정도 인정한 뒤, 머릿속을 잠시 꺼두 고 나를 돌볼 것. 이것이 스트레스를 빨리 털어낼 수 있는 야무 진 요령이 아닐까 합니다.

바쁜 일상 중에도 높은 텐션과 에너지를 유지하는 비법이 있나요?

저는 늘 에너지를 사용하는 타이밍과 집중도를 스스로 조절하려고 합니다. 그리고 보통 촬영을 할 때는 언제나 높은 텐션을 유지하려고 노력하죠. 그렇게 해야 화면을 통해서 저를 접하는 분들이 그 에너지를 그대로 전달받을 수 있을 거라고 생각하거든요. 그래서 저는 다른 사람에게 전달할 에너지가 충분할 때 영상을 촬영해요.

사실 저를 영상으로 접하고 계신 분들은 제 24시간을 관찰하고 있지는 못하시잖아요. 저도 사람이기 때문에 텐션이 약한 날도 있고, 에너지가 떨어질 때도 있어요. 그렇게 힘든 날에는 SNS를 하지 않아요. 잠이 부족하고 휴식이 필요한 날에 굳이 없는 에너지를 쥐어짜면서 영상을 찍지는 않는 거죠.

물론 제가 제 컨디션에 따라 마음대로 조정할 수 없는 일정도 가끔 있습니다. 특히 높은 텐션이 필요한 촬영이 잡혔을 때는 그 전에 하루나 이틀 동안 에너지를 정말 많이 아꼈다가 촬영하는 날 전부 쏟아 부어요. 많은 분들에게 노출되어 있고, 에너지를 나눠드려야 하는 입장이다 보니까 제 나름의 방법으로 컨디션을 조절하고, 관리하고, 휴식하고, 회복하는 주기를 가지고 있다고 생각하시면 될 것 같아요.

사고 후에 몸과 마음의 건강을 회복하는 데 있어 가장 도움이 되었던 것은 무엇인가요?

몸과 마음의 건강을 되찾기 위해 속으로 자꾸 '파이팅!'을 외쳤던 것 같아요. 저는 지금도 그렇게 해요. 컨디션이 좋지 않을 때 '왜 이렇게 아프지?', '내 몸은 왜 이렇게 약할까?'라고 생각하면 몸이 더 가라앉고 힘들어지는 경험을 어릴 때부터 정말 많이 해왔거든요.

몸이 아픈 날이면 '푹 쉬고 나면 나아질 거야' 하고 긍정적으로 생각하죠. 몸과 마음에 휴식을 주면 회복이 더디거나 그간 힘들게 지켜온 습관이 망가지는 것이 아니라 오히려 더 좋아질 거라고 굳게 믿어요. 사고 후에도 2보 전진을 위한 1보 후퇴라는 느낌으로 긍정적인 사고를 했던 것이 회복에 가장 큰 도움이 되었답니다.

예를 들어, 어제 몸과 마음을 돌보느라 종일 애썼는데 오늘 더 안 좋아졌어요. 그래도 지치거나 실망하지 않았죠. 며칠 바짝 '파이팅' 하고 마는 것이 아니라 계속해서 긍정적인 태도를 갖고 나아가는 데 포커스를 두었습니다. 신체적인 아픔이 며칠 안에 절대 좋아질 수는 없다는 것을 잘 알고 있으니까요. 발목이 부러졌는데 하루나 이틀 쉰다고 당장 완치되지는 않잖아요. 몸은 회복되는 시간이 필요합니다. 빨리 낫고 싶은 마음이 드는 건 누구에게나 마찬가지겠지만, 너무 급하게 생각하기보다는 조금씩 나아지는 것에서 만족감을 얻으시길 바라요.

마음 같은 경우에는 반대로 내가 회복에 집중할수록 치유가 빨라지는 것을 느꼈어요. 나의 심리 상태와 정신력이 좋은 방향으로 향하면 실제로 몸이 회복되는 데 큰 영향을 미치더라고요. 한마디로 마음가짐은 긍정적으로 하되 몸에 관해서는 조금 내려놓는 것이 아픈 시기를 잘 견디는 데 가장 큰 도움이 된 것 같아요.

**내가 생각하는 나와 타인이 보는 나 사이의 괴리감을 느끼
낀 적은 없나요?**

사람은 실제로 만나서 대화를 나누고 눈빛을 느껴야 그 사람이
어떤 사람인지 감이 와요. 이런 만남을 적어도 열 번 이상은 가
져야 한 사람을 어느 정도 파악할 수 있죠. 그런데 저는 필라테
스 강사이자 트레이너로, 스포츠 모델이자 유튜버로 많은 분들
에게 노출되어 있어요. 휴대폰 속의 사진과 글, 영상으로 보여지
는 사람이에요. 그러다 보니까 본인의 기준과 시각적인 이미지
로 저를 판단하는 분들이 항상 있었어요.

과거에는 인터뷰를 하거나 미팅을 가면 "유튜브랑 똑같으시
네요?"라는 이야기를 가장 많이 들었던 것 같아요. 아마 화면 속
이미지와 생각했던 이미지가 달랐던 모양이에요. 영상에서는
여우나 새침데기 같다는 인상을 받았는데, 실제로 만나거나 오
래 보다 보니까 굉장히 솔직하고 털털한 사람이라는 걸 알게 된
거죠.

저라는 사람이 꾸며진 모습으로 활동하지 않는다는 것, 원래
부터 텐션이 높고 에너지 자체가 건강하다는 것을 알게 된 분들
이 늘어나면서 화면 속 저와 실제 저를 동일시하는 분들이 점점
많아지더라고요.

저는 예전에는 이해가 안 됐어요. '나는 이런 사람인데 왜 다
르게 보지? 왜 그렇게 보는 사람이 많을까?' 의문을 가지기도

했는데, 시간이 지날수록 나의 진짜 모습을 인정받게 되니까 이제는 어떤 말을 들어도 대수롭게 여기지 않아요. 타인이 저를 제가 아닌 모습으로 바라보더라도 그걸 싫어하거나 부정하거나 분노하는 감정은 잘 생기지 않게 되었어요.

악플이나 나쁜 이야기에는 어떻게 대처하며 멘탈을 유지하나요?

저는 애정 어린 마음으로 저를 응원하고 칭찬해주는 감사한 댓글에 답을 하기에도 시간이 부족하다는 생각을 합니다. 저를 좋아해 주시는 분들을 바라보고, 그분들에게 더 많은 에너지를 주려면 어떻게 해야 할지 고민하기에도 하루가 너무 바쁘거든요.

그들에게 긍정적인 기운을 받고 저 또한 긍정적인 기운을 나눠드리는 쪽으로 시간을 할애하다 보니까 부정적인 이야기는 자연스럽게 무시하게 된 것 같아요.

집요하게 악플을 달거나 나쁜 이야기를 하는 분들을 가끔 맞닥뜨리면 그저 '감정 상태가 건강하지 못하다' 하고 생각하는 정도로 가볍게 넘기는 편이에요.

나 자신의 모습을 있는 그대로 받아들이고 사랑하기 위해서는 무엇이 필요할까요?

나는 이 세상에 단 하나뿐인 사람이라는 것, 그래서 그 자체로 소중하고 귀하다는 생각을 하는 게 우선일 것 같아요. 저는 존재만으로도 가치 있는 것이 한 명, 한 명의 사람이라고 생각해요. 유일한 존재니까 남과 비교할 필요도 없어요. 내가 남보다 못한 것 같다고 속상해하거나 스스로를 구박하지 않았으면 좋겠어요.

남을 보지 말고 나를 봐야 해요. 내 몸과 마음을 들여다보고 귀를 기울이다 보면 알 수 있어요. 내가 언제 힘든지, 언제 아프거나 또는 즐겁고 행복한지. 그렇게 내게 집중하다 보면 나를 좀 더 알게 되고 파악하게 돼요. 내가 나를 어떻게 대해야 할지 조금씩 깨닫게 되는 것 같아요.

내가 나를 사랑하지 않으면 누가 나를 사랑하겠어요. 나를 가장 좋아해줄 수 있는 사람도 나이고, 나를 가장 따스하게 보듬어줄 수 있는 사람도 나예요. 그러니까 내 몸과 마음을 아끼고 돌봐줬으면 좋겠어요.

무한한 스쿼트의 세계

스쿼트의 종류는 그야말로 무궁무진하다. 사람들은 스쿼트가 하나라고 생각하지만 나는 스쿼트 프로그램을 수백 가지로 풀어낼 수 있다고 생각한다. 각 단계의 동작을 조금씩 달리하면서 계속 변화를 줄 수 있는 것도 물론이거니와, 스쿼트 중간에 다른 운동을 끼워 넣어 조합하는 것도 가능하기 때문이다. 여기에서는 다양한 종류의 스쿼트, 그리고 스쿼트와 함께 하기 좋은 운동 몇 가지를 소개하려 한다.

1) 스탠스에 따른 변화

와이드 스쿼트

베이직 스쿼트보다 스탠스를 넓게 한 스쿼트. 보통 양발을 어깨너비의 두 배 정도로 벌리는데, 베이직 스쿼트와 마찬가지로 정해진 기준이 있는 것은 아니다. 그보다 더 넓게 벌린다고 한다면 무릎과 고관절을 구부려서 내려갔을 때 발뒤꿈치 위에 무릎이 있는 정도일 것이다. 이때 무릎 각도는 90도를 넘어가지 않는다. 너무 깊게 앉지 말라는 뜻이다.

특히 초보자들은 와이드 스쿼트를 할 때 무릎 각도를 90도에 맞춰 진행하면 유연성과 근력이 부족하기 때문에 매우 힘들다. 스쿼트를 할 때 언제나 주의할 점은 본인의 유연성과 근력을 고려해서 가동범위와 자세를 취해야 한다는 것이다.

발끝은 무릎의 방향에 맞춰 좀 더 넓게 열어준다. 무릎과 발끝의 방향은 되도록 일치해야 한다. 무릎은 바깥쪽을 향하는데 발은 앞쪽을 향해 있거나 반대로 발은 바깥쪽으로 열어두었는데 무릎은 앞쪽을 향하려 하면 자세가 불안정해지고 부상의 위험도 높아진다.

와이드 스쿼트는 발 사이 간격이 넓은 만큼 자세가 안정적이고 무릎에 부담도 적다. 다만 다리를 너무 많이 벌리면 고관절에 무리가 가고 허벅지 앞쪽 근육인 대퇴사두근의 안쪽에 힘이 지나치게 들어가기 때문에 이 점만 주의하면 좋겠다.

내로우 스쿼트

　나에게 맞는 스탠스를 기준으로 그보다 더 좁게 선 자세로 하는 스쿼트. 보통 골반너비 정도로 벌리는 경우가 많지만, 평소보다 1센티미터만 좁게 서보는 것도 괜찮다. 나아가 양발을 간격 없이 딱 붙이고 스쿼트를 하는 방법도 있다.

　와이드 스쿼트가 허벅지 안쪽을 자극하는 데 좋았다면, 내로우 스쿼트는 허벅지 바깥쪽과 엉덩이근육을 자극하기 좋은 동작이다. 하지만 다리를 좁게 벌리면 자세를 안정적으로 유지하기 힘드니, 베이직 스쿼트에 충분히 익숙해진 뒤에 도전하길 권한다. 발 간격에 따라 자극점이 어떻게 달라지는지 느껴보는 재미가 있다.

2) 앉는 깊이에 따른 변화

하프 스쿼트

  말 그대로 절반 정도만 앉는 스쿼트를 말한다. 하프 스쿼트는
보통 초보자에게 권한다. 무릎이 흔들리거나 자세가 불안정한
사람, 운동을 많이 해보지 않은 사람이라면 흔히 알려진 스쿼트
의 모양만큼 깊이 앉기보다는 덜 앉으면서 스쿼트 자세에 조금
씩 익숙해지는 것이 좋다.

  무릎이나 허리, 고관절 등에 통증이 있거나 평소 약한 부위
가 있다면 통증이 없는 범위까지만 앉아야 한다. 절반이 아니라
1/4 정도만 앉는 쿼터 스쿼트도 있다.

베이직 스쿼트

　가장 기본으로 알려진 스쿼트. 고관절이 무릎 위치까지 내려가는 정도를 말한다. 보통은 허벅지가 지면과 수평이 되는 지점까지 앉아야 한다고 하지만, 사람마다 체형과 골격, 근육의 모양, 컨디션 등이 다 다르기 때문에 이 기준에 너무 얽매일 필요는 없다.

　스쿼트를 처음 하는 사람이라면 하프 스쿼트에서 조금씩 더 깊이 앉으며 자신에게 맞는 지점을 찾는 게 좋다. 전신의 근육이 조금씩 유연해지고 근력이 증가하면서 허벅지가 지면과 수평이 되는 지점까지 갈 수 있도록 차근차근 진행하면 된다.

풀 스쿼트

　고관절이 무릎보다 더 아래 위치까지 내려가는 스쿼트. 맨몸으로 하더라도 가동범위가 크고, 자세를 유지하는 것이 어렵기 때문에 초보자에게는 추천하지 않는다. 고관절과 무릎관절, 발목관절에 무리가 갈 수도 있기 때문이다.

　단, 중량을 들고 스쿼트를 할 예정이라면 우선 맨몸으로 풀 스쿼트의 가동범위를 만든 다음 진행하길 바란다. 운동은 언제나 점진적 과부하의 원리를 적용해야 한다. 맨몸으로 스쿼트를 할 때는 가동범위를 점진적으로 늘려가야 하고, 무게를 들고 스쿼트를 하게 될 때는 중량을 점진적으로 늘려가야 한다.

3) 다른 동작과의 조합

스쿼트+킥

스쿼트+킥 백

스쿼트+프런트 킥

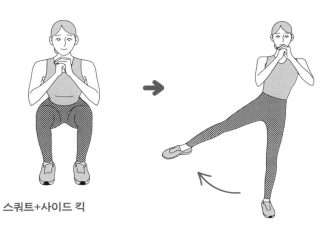

스쿼트+사이드 킥

스쿼트랑 함께 할 수 있는 운동은 굉장히 많은데, 그중에서도 킥 동작은 기본 중의 기본이다. 킥을 어느 방향으로 차는지에 따라 횟수를 어떻게 설정하느냐에 따라 리듬감 있게 동작을 진행한다면 지루하지 않게 스쿼트를 즐기는 것이 가능해진다.

'스쿼트 킥 백'은 스쿼트를 한 뒤에 다리를 뒤로 차는 운동이다. 한쪽 다리를 일정 횟수 진행한 다음 반대쪽 다리로 킥 백을 해도 좋고 양쪽 다리를 번갈아가면서 해도 좋다. 스쿼트와 프런트 킥(다리를 앞으로 올려 차는 동작)을 섞어도 되고, 사이드 킥(다리를 옆으로 올려 차는 동작)을 섞어도 된다.

스쿼트 한 번에 킥 한 번도 좋고, 스쿼트 세 번에 킥 한 번, 다섯 번에 킥 한 번도 좋다. 와이드 스쿼트를 했다가 킥을 할 수도, 내로우 스쿼트를 했다가 킥을 할 수도 있다. 자유자재로 동작을 응용해보자.

스쿼트+런지

　스쿼트와 런지는 함께하기 좋은 운동이다. 런지 동작을 섞어 주면 스쿼트만 계속 하는 것보다 덜 지루한 것은 물론, 더 많은 근육에 자극을 줄 수 있다. 특히 엉덩이근육을 더 많이 사용하고 싶은 사람에게는 스쿼트+런지 조합을 적극 추천한다.

　런지도 포워드, 백워드, 사이드, 크로스 런지까지 다양한 종류가 있으므로 여러 가지 방식으로 조합이 가능하다. 양발을 바꿔가며 런지를 하고 스쿼트를 하거나, 스쿼트 10회 후 런지 10회를 하는 식으로 횟수에 변화를 주는 것도 좋다.

스쿼트+점프

'점프 스쿼트'라고도 한다. 스쿼트로 앉았다가 일어날 때 뒤 꿈치에 힘을 주면서 살짝 뛰어올랐다가 다시 착지해 앉는 동작 을 반복한다. 점프할 때는 높이 뛰려고 하기보다 발이 지면에서 떨어지는 정도로만 뛰면 된다.

리듬감과 탄력이 필요하고 단시간에 폭발적인 힘을 사용하 기 때문에 심박수를 높이기에도 적합한 동작이다. 바닥에 착지 하는 순간 무릎에 충격이 갈 수 있기 때문에 무릎이 좋지 않은 경우에는 추천하지 않는다.

이 외에도 한쪽 발뒤꿈치를 올리고 스쿼트를 하는 방법, 앉은 상태에서 골반을 위아래로 움직여 바운스 동작을 더하는 방법, 상체를 회전하거나 한쪽 다리를 드는 방법 등 스쿼트 응용 동작은 훨씬 더 많다. 다른 동작들과의 조합은 스쿼트를 지루하지 않게 할 수 있는 좋은 방법이다.

MIRACLE SQUAT +

인생의 번아웃에 지지 않는 힘

으뜸체력

초판 1쇄 발행 2021년 9월 1일
초판 2쇄 발행 2021년 9월 8일

지은이 심으뜸
펴낸이 김선식

경영총괄 김은영
책임편집 김민정 **디자인** 마가림 **책임마케터** 오서영
콘텐츠사업5팀장 박현미 **콘텐츠사업5팀** 차혜린, 마가림, 김민정, 이영진
마케팅본부장 이주화 **마케팅1팀** 최혜령, 오서영, 박지수
미디어홍보본부장 정명찬 **홍보팀** 안지혜, 김재선, 이소영, 김은지, 박재연, 오수미, 이예주
뉴미디어팀 김선욱, 허지호, 염아라, 김혜원, 이수인, 임유나, 배한진, 석찬미
저작권팀 한승빈, 김재원
경영관리본부 허대우, 하미선, 박상민, 김민아, 윤이경, 이소희, 이우철, 김재경, 최완규, 이지우, 김혜진
외주스태프 본문일러스트 박효원

펴낸곳 다산북스 **출판등록** 2005년 12월 23일 제313-2005-00277호
주소 경기도 파주시 회동길 490 다산북스 파주사옥
전화 02-704-1724 **팩스** 02-703-2219 **이메일** dasanbooks@dasanbooks.com
홈페이지 www.dasan.group **블로그** blog.naver.com/dasan_books
종이 ㈜IPP **출력·인쇄·제본** ㈜갑우문화사 **코팅 및 후가공** 평창피앤지

ISBN 979-11-306-4073-0 (03810)